たけひさゆめじ
竹久夢二的世界

Yumeji Takehisa

劉檸 著

竹久夢二

1884年9月16日～1934年9月1日

目錄

（序）

愉悅大眾的文化之花

李長聲

愛讀評論家劉檸的文章，知日而論日，文筆暢達，見識獨到。讀他散論日本的《穿越想像的異邦》，不由得為之鼓而呼：自稱一布衣，走筆非遊戲，不忘所來路，更為友邦計，立言有根本，眼界寬無際，穿越想像處，四海皆兄弟。又讀這一本《竹久夢二的世界》，或許限於字數，寫竹久夢二人生五十年近乎「簡歷」，但全書編排是立體的，其人其作的整個世界讀罷便了然於心。那些穿越時空的妙語警句也點醒讀者，免得順情而去，審美而迷。譬如這一句：集畫家、詩人、作家的光環於一身的夢二是大眾傳媒的寵兒。

大正這個年號夾在明治與昭和之間，只有十四年（一九一二—二六），若談論文化，大正時代通常指一九一〇年代和一九二〇年代。竹久夢二即活躍在這個時代，從模糊的照片看，此人絕然算不上帥哥，但三、四十歲還能跟二十歲上下的女性們談情說愛，足見其名氣之大，倘若在今天，那就是電視上閃亮、會場裡飛沫的明星畫家。夢二不屬於正統的畫壇，豐富多彩的作品並不是高雅的純藝術，而是盛開在大眾文化中的奇葩。當時有報導：今日之青年男女不喜好所謂夢二式的畫的怕是很少吧，因為其筆觸何等爽快而情味津津。夢二也被稱作大正浮世繪師，但他畫的美人有大大的眼睛，眼皮是雙的，睫毛是長的，只要拿浮世繪的單瞼細眼仕女比較一下，就可以推想當時人們的驚豔。這是全盤西化所致，美女的標準也是西方的了。夢二把東西方美術融為一體，自得其樂，不睬美術界。人們只能敬畏純藝術，可望而不可即，而大眾藝術，不僅能隨意欣賞，甚而還可以參與其間。

一百多年前日本跨世紀地打贏了兩場戰爭，揚眉吐氣，修改了與列強的不平等條約。幾乎靠甲午戰爭勒索的賠款實現工業化（日俄戰爭沒撈到一分錢），明治一代形成了近代國家。明治天皇被稱作大帝，而大正天皇文弱，彷彿統治者不在其位。世代交替，不單換了天皇，政界、軍界、企業界也都新人換舊人，歷史出現了空檔。國民不禁有一種解放感，就好像到了民眾的時代。在這種「沒國是」（德富蘇峰[1]語）狀態下，形形色色的思想氾濫，冠以「自」字的詞語流行，如自覺、自立、自我、自愛……個人主義性質的活動成為可能，各種文化你方唱罷我登場，堪稱是教養與消費的時代。夢二跟上了時代，用新的主題和新的表現創造出所謂「夢二式」，在初具規模的大眾社會造成了巨大影響。

大眾文化形成的條件之一是媒體發達。當時雜誌是主要媒體。一八七二年日本人口為三千四百八十萬，一九二〇年增加到五千五百九十六萬。明治末葉，雜誌印數劇增，大正年間已經有多種雜誌印數超過十萬冊。喜歡畫是一種風潮，談畫有如後來談電影，被稱作美術趣味。內田魯庵[2]曾寫到：「談不來美展的人就像是遠離東京的鄉巴佬。」川端康成年少時也想當畫家。這正是夢二流行的社會背景。說來日本人的美術趣味至今不衰，與年輕人交往，他們隨手就畫出一個漫畫人物，雖是模擬，卻好似出自內心。大正時代印刷術突飛猛進，雜誌以圖版吸引讀者，卷頭畫頁甚至能左右銷量。如周作人所言：「竹久夢二可以說是少年少女的畫家。」面向少年男女的雜誌尤重視圖版，一九一四年講談社創刊《少年俱樂部》雜誌，用高畠華宵畫插圖，印數達到三十萬冊，但是因稿酬問題，華宵走人，發行量銳減，竟成

1　德富蘇峰（Tokutomi Soho, 1863-1957），日本著名的政治家，報人，歷史學家，曾擔任大日本言論報國會、文學報國會、大日本國史會會長。

2　內田魯庵（Uchida Roan, 1868-1929），日本評論家、翻譯家、小說家。

為「華宵事件」。夢二最初給《中學世界》雜誌畫插圖，有道是，受眾已備，夢二式應時而生。

大眾文化是消費文化，娛樂大眾化。大眾的本事在於能夠把任何事物變成娛樂，加以消費。他們一大早就坐在路邊，喝著啤酒，吃著便當，等著看明治天皇出殯。人都想傳播自己的感動，與人共有，這就需要看同樣的東西，談同樣的東西，從中產生情感共鳴。在沒有微博的時代，交談是主要方式，通過交談加深感動，並由於有人感覺相同，而相信自己的感性，為之安心。這種對自己的發現、認知，不過是尋求歸屬。感性共同體沒有創造性，但造成流行。看漫畫或電視是孤獨的，但是在學校或酒桌的交流，使快樂共有，便好似古老的狂歡。夢二的作品尤其在少女中流行。

日本文化在江戶時代已趨於大眾化，亦即商品化。或許可以說，在中國文化的陰影下，日本發展起來的自己的文化就是一種大眾的商品文化，如浮世繪。漫畫這一商品文化仍然延續著江戶時代的模式。明治時代文化出現商品化傾向，但這種商品文化停留在知識人範疇，識字等條件制約它難以向大眾發展。夢二的插圖、美人畫代表夢二式，但夢二式真正在社會上流行是他設計的服飾、小物件等商品，相當

〈早春〉，大正後期。

於當今的卡通商品吧。前妻開了兩年小店「港屋」，所有商品都是由夢二設計，夢二式被模仿，滿街招搖著夢二式女人。

劉檸指出，夢二的「人生和藝術紛然雜糅，渾然一體，你中有我，我中有你」。夢二把女人畫得瞪大了眼睛，腰肢扭曲，大手大腳，但感性來自現實，那雙大眼睛是他妻子的。夢二式美人的眼睛裡飄溢的哀愁不是傳統的物之哀，而是時代的感傷。明治維新後，西方化取得了一定的成功，卻也讓人看清了與大國生活環境的巨大差距，時代瀰漫著成功後的空虛感，以及漠然的不安。對逝去之物的眷戀也使夢二的畫筆飽蘸了悲情愁緒。他表現的是當時人們日常所感受的細微情緒，用今日的網語來說：你懂的。當年夢二的粉絲主要是少女，而今多是大叔。他們賞玩夢二的形態之美基本是懷舊。夢二積極吸取西方新感覺、新手法，同時也熱愛日本古來的風俗，現今被當作文化符號，代表了日本情趣。或許可以說，夢二是當今走向世界的「卡娃伊」文化的源頭。

一九二三年發生關東大地震，人們的感性為之一變。大正結束前一年（一九二五），夢二和小說家山田順子鬧出醜聞，媒體無仁義可言，當即把他變成八卦人物，人氣急轉直下，甚至招「新人類」討厭，川端康成在伊香保溫泉便遇見他一副衰相。土岐善麻呂追悼夢二，說：「竹久君的藝術將活在歷史之中。」大眾健忘（所以總是快樂的），夢二死後很快被忘到腦後。一九六八年日本經濟躍居資本主義國家第二位，被戰爭摧殘的大眾文化復興。一九七〇年紀念夢二誕辰九十周年，舉辦大回顧展，夢二從歷史之中走出來。流行是翻來覆去的，懷舊也生出新意，特別是他的設計，為人注目。

一九八五年《初版本復刻竹久夢二全集》付梓，八七年《夢二日記》、九一年《夢二書簡》相繼上市。劉檸「二十多年前，人在東京」，趕上這一波夢二熱。這本《竹久夢二的世界》出版於二〇一〇年，好像把中國也弄得發熱了[3]。

二〇一二年三月十一日

（本文作者為知名旅日作家）

3 劉檸著、譯《逆旅：竹久夢二的世界》（簡體版），由北京新星出版社於二〇一〇年五月出版。

寂寞的鄉愁詩人

引子

竹久夢二（Takehisa Yumeji，一八八四—一九三四），明治、大正年代的日本畫家、插畫家、版畫家、裝幀設計家、詩人、歌人。早年傾向社會主義思想，與幸德秋水、荒畑寒村[1]、大杉榮等社會主義者、無政府主義者多有過從，與左翼文藝社團「白樺派」關係甚深。

明治到大正的過渡期，一方面，自由民權運動中的一些思想資源開始重新發酵，另一方面，日俄戰爭的勝利極大改變了日本社會的道德人心，後來導致被稱為「大正民主」（Taisho Democracy）濫觴的一系列社會思潮的萌芽，在明治末年就已經出現。而大正的「改元」，則加速了這種潮流的發生和坐大。一時間，知識分子空前活躍，各種新思潮交相碰撞，進步刊物如雨後春筍般登場，國民的權利意識開始覺醒。

在這種大氛圍下，東洋畫壇有如一個巨大的試驗場，形形色色的藝術思潮你方唱罷我登場，而都市大眾文化的發育促進了現代消費社會規模的擴大，反過來為新藝術的從容發展提供了條件和空間。夢二正是在如此環境中開始了藝術的修煉。

作為從未受過專門藝術教育的在野藝術家，夢二嫺熟地運用傳統日本畫和洋畫的各種技法，在自身獨特而純粹的審美觀的觀照下，獨創了被命名為「夢二式美人」的東洋風俗畫，風靡了何止一代人。日本文學家川端康成評價說：

無論是作為明治到大正初期的風俗畫家，還是作為情調畫家，夢二都是相當卓越的。他的畫不僅感染了少女，也感染了青少年，乃至上了年紀的男人……我少年時代的理想，總是同夢二聯繫在一起。

更可貴的是，夢二以「在野」之身，以大眾媒介為平台，不懈打拚，將「非主

1 荒畑寒村（Arahata Kanson, 1887-1981），日本社會主義活動家、作家，二戰後任眾院議員。

夢二的生家。

流」、「體制外」進行到底的結果，憑藉現代傳媒社會的魔力，不僅打通了所謂「純藝術」與設計、工藝等實用美術的邊界，而且開啟了東洋畫壇的新時代。其影響之巨，甚至溢出國界，發生「越境」效應：國人知道竹久夢二的名字，多通過豐子愷等人的介紹。但少有人知道，「子愷漫畫」其實正是以「夢二式美人」為母體和發酵劑的藝術變種。

為藝術而藝術到了近乎偏執程度的東洋審美觀，自由奔放到分不清現實還是藝術地步的情愛生活，使藝術家的生命過早、過快地燃燒，昭和九年（一九三四），離「知天命」還差半個月的夢二落下了人生的帷幕。之後不久，日本單方面廢除《日美華盛頓條約》、「二·二六」事變、盧溝橋事變……中國大陸戰雲密布，戰爭一觸即發。日本一頭扎進昭和暗黑的不歸路。

夢二剛好在從明治末期到昭和初年，日本現代史的薄明時分精采地綻放之後，訇然墜落，像櫻花一樣短暫。眼看棧橋伸向濃霧深鎖、方向未知的前方，自忖無力走竟漫漫長途的旅人，在橋頭停下了腳步。

幸也罷，不幸也罷，都是命定的。

夢二生家所在的岡山縣東南部邑久郡本庄村（現邑久町佐井田）。

岡山・神戶・九州

明治十七年（一八八四）九月十六日，竹久夢二出生於岡山縣東南部的邑久郡本庄村（現邑久町佐井田），為父菊藏、母也須能的次子，本名為竹久茂次郎。出生前一年，兄長夭折，夢二成為事實上的長子。除此之外，上有姊姊松香，長夢二六歲；下有妹妹榮，比夢二小六歲。一家人與祖父母一起生活。

夢二的生家雖然擁有不少土地，但卻經營釀酒業，待夢二出生時，已專事酒的代銷買賣。作為農地主，又有現金收入，乃名副其實的在鄉商人。也因此，後菊藏成為村會的議員，是地方上屈指可數的鄉紳。因為一家人都喜歡藝能演劇的緣故，竹久家成了村

田舟與四町平原。

劇社等民俗藝能活動最大的贊助人。一些耍木偶的流浪藝人常來村裡表演獻藝，沒少得菊藏的關照，對女藝人更是呵護有加。日後夢二迷戀演劇，描繪歌舞伎、淨瑠璃[2]的世界，顯然與這種家庭環境不無關係。

父性好色，據說姐姐松香最初的離異，便與菊藏的不名譽有關。母也須能出身染坊，夢二幼時常去外婆家玩耍，傳統的藍染工藝，薰陶了其對色彩和圖案的原初感覺。

夢二與姐姐松香感情最篤。後者十七歲嫁入西大寺的商人伊原常吉家時，夢二傷心不已，其用小刀刻寫的竹久松香的名字至今仍留在生家的柱子上。對夢二來說，年長六歲的姊姊是生命中最重要的人，如此摯愛，終身未渝。

明治三十二年（一八九九），從邑久高等小學校畢業的夢二，投奔在關西經營米屋的叔父竹久才五郎，入神戶中學校（後來的神戶一中）。可以想像，這個到處洋溢著自由空氣的異國情調的港口城市對一個來自鄉下的少年心靈造成的衝擊。那些隨處可見的金髮碧眼的洋人及日常的西洋風景，究竟在多大程度上發酵了夢二與生俱來的浪漫氣質不得而知，但構成了相當的文化衝擊是肯定的，這從其日後的創

2 淨瑠璃：一種以三弦（三味線）伴奏的日本傳統說唱曲藝，能樂之一種。

上：夢二孩提時代經常玩耍的靜園寺。

左：夢二終身摯愛的姊姊松香所嫁的西大寺。

作題材上亦可見一斑。

然而意想不到的是，僅過了八個月，夢二就不得不中途退學，隨父遷徙至九州福岡縣遠賀郡的八幡。遷居的理由並不明朗，但一說是嫁到西大寺的松香，因鄰里對父親菊藏男女關係的惡評傳開而離婚，導致在原籍顏面喪盡；同時，似乎也有經濟上的原因。就這樣，失學的夢二進入製鐵所，作為製圖的筆工，開始了職業生涯。但這份工作令他難以忍受，不久便託一名遠房親戚幫忙，瞞著父親離家進京（東京）。剛好這時，離了婚的松香在娘家，姊姊和母親做主湊足了進京的川資和一些零用錢，成全了夢二的選擇。這一年，是明治三十四年（一九〇一）夏天，夢二十七歲。

藝青．基督信仰．與社會主義擦肩而過

進京後，借宿於早稻田附近下戶塚的近藤家，一邊在早稻田實業學校工讀。進實業學校，是對父親的妥協，因為菊藏堅決不同意夢二學藝術。不得已退而求其次，進了這所早稻田大學傘下的職業學校。但儘管如此，父親的資助相當有限，夢二不得不靠打工自活，送報紙、送牛乳，甚至當過人力車夫。但做苦學生的底層體

驗，客觀上卻使夢二建立起對被侮辱與被損害的庶民階層的理解與同情，對社會正義的關注成為其藝術中貫穿始終的母題。

夢二的精神世界中，一個重要的側面是與基督教的關係。這一方面有神戶求學生活的影響，另一方面，大約也與夢二與生俱來的性格、氣質不無關聯，起碼是離神性不遠；同時，通過畫家上野山清貢的介紹，夢二認識了牧師木村清松，並在其服務的教會做過寄宿書生，因而受過基督精神直接的「牧養」。因此，儘管夢二未曾受洗，不能稱之為基督徒，但終身懷抱對主的信仰，連旅行時都不忘攜帶《聖經》。而流行於明治、大正年代的初期社會主義思潮，受基督教意義上的人道主義、博愛思想的影響頗深。因此，有基督信仰基礎的夢二，後來向社會主義的傾斜幾乎是題中應有之義。

早稻田時代，對夢二影響最大的人是安部磯雄，這位著名的左翼知識人，早年曾在夢二的家鄉岡山當過牧師，後遊學歐美，回國後成為早大教授。夢二進京的那年（明治三十四年），與片山潛、幸德秋水、木下尚江等人結成社會民主黨，成立宣言的起草者就是安部。作為政治家，安部還被稱為日本野球（即棒球）之父，曾任早大野球部長。夢二在神戶中學的時候，就是棒球迷，進入早稻田，更如魚得水，迅速成為有百年歷史的早大與慶大（慶應義塾大學）棒球對抗賽「早慶戰」的

上、右下：夢二度過中學時代的港口城市神戶。左下：神戶異人館。

發燒級粉絲，並留下了一些觀戰速寫。可以說，基督教、社會主義和棒球，是夢二早年在繪畫之外的「三位一體」生活，相當程度上影響了其日後的藝術創作。

早稻田時代曾與夢二一起賃屋而居，後來成為著名普羅作家及左翼社運活動家的荒畑寒村曾在其《寒村自傳》中回憶道：

如果說竹久夢二早年是社會主義青年的話，肯定有人會感到吃驚，但他確實是平民社的常客。不僅如此，容留回京後的我寄食的，其實也是他。當時，我和竹久、岡榮次郎二君在小石川雜司谷鬼子母神社附近的農家租一陋室，自炊過活。岡是早稻田大學的文科生，竹久是早稻田實業學校的學生，兩人同為出入

社會民主黨的創立者們（前排左起分別為安部磯雄、幸德秋水、片山潛）。

平民社的同志。我們三人對只靠水和麵包度日的生活毫不介意，沉湎於社會主義實現的空想，任奔放的議論你來我往。竹久志在當畫家，但迫於父命不得不在實業學校註冊，每天淨奔波於白馬會的洋畫研究所，為此考試落第，家中匯款斷絕，生計無著。後來，動念製作流行的手繪明信片：在明信片大小的畫紙上用水彩描繪，做成的成品拿到鶴卷町和目白一帶的店家批發掉，過些日子再收回貨款貼補生活用度。

荒畑的文字，為夢二早年的生活及思想流變提供了重要旁證。

夢二開始向刊物投稿，不僅有插畫，還有詩、短歌和隨筆。明治三十八年（一九〇

早稻田時代，夢二曾賃居於小石川雜司谷鬼子母神社附近農家。

五），竹久茂次郎首次以「夢二」的名字在媒體登場，世人不久將迎來一個廣受矚目的大眾畫家。而與此同時，作為社會主義青年的夢二終於與社會主義運動擦肩而過——他顯然不是做職業革命家的材料：隨著當局對左翼思想箝制的升級，《平民新聞》等進步刊物被迫停刊，夢二先是作為畫家、詩人失去了對社會主義協力的平台；繼而，從思想上，內心深處對主信仰未泯的夢二也無法跟上正朝唯物論方向迅速變身的社會主義理論。但縱然如此，明治四十三年（一九一〇）發生的「大逆事件」（五月，以信州社會主義者宮下太吉等四人以「違反爆炸物取締罰則」的罪名被捕為標誌，當局對社會主義、無政府主義者的鎮壓開始升級。以此事件為藉口，憑空捏造了所謂旨在謀殺天皇的「一大密謀事件」，試圖把全國社會主義者一網打盡，構成了日本現代史上所謂「大逆事件」的著名政治構陷。以幸德秋水為首的社會主義者二十四名被判處死刑，其中實際處死者十二名，其他十二名後獲減刑），社會主義者被當局殘酷鎮壓，連「同路人」的夢二也難逃祕密警察的跟蹤。夢二早年景仰且過從甚密的恩師，著名左翼思想家、社會活動家幸德秋水被處刑的那天（翌年一月二十四日），《號外》傳來，夢二召集諸友人在家裡為犧牲者守靈，藉此向鎮壓者表達憤懣。

雖然最終與左翼政治運動擦肩而過，但這個時期淺嘗輒止的社會實踐，卻釀成並純化了夢二反抗權力、期冀和平與理想的社會、同情弱者的性格，尤其是對自己乃庶民一分子的自覺，終生未曾改變。但同時，對左翼社運從最初的熱中，到最後脫離的挫折體驗，也在夢二心中打上了深深的烙印，其陰影，構成了夢二特有的那種在虛幻、無常中抒情，在幻滅中抒情的藝術美學的社會學背景。

岸他萬喜．處女畫集出版．「子愷漫畫」

明治四十年（一九〇七）一月二十四日的《平民新聞》上，有篇標題很長的記事：「青年畫家竹久夢二以其飄逸奇警的諷刺畫才，理應為本報讀者廣為熟知」。下面是一段消息：「維納斯女神也為其心根所感動，遂把大眼貌美的可人兒許配與他。日前已舉式喜結良緣，並於牛込區宮比町四番地構築愛巢。蓋近來畫家所繪之婦人，多為明眸美女，原來皆係以夫人為模特兒之創作耳。」以不無逢迎之虞的措辭，如此煽情地報導一位畫家的婚事，微妙地凸顯了夢二之於報紙的「台柱」角色。

這位被夢二娶進家門的「美目盼兮」的美女，名叫岸他萬喜（Kishi Tamaki），是富山治安裁判所法官岸六郎的次女。他萬喜在前夫，畢業於東京美術學校的洋畫家、高岡工藝學校美術教師堀內喜一死後，進京投靠兄弟他丑，在早稻田鶴卷町開了一爿小店「鶴屋」，專門經營彼時頗流行的手繪明信片。開業第五天，一位長髮、表情異樣的青年來店，問有沒有雁次郎的手繪明信片。被告知沒有後，又問可有售繪有藝伎的明信片。被告知只有圖案和風景時，青年好像有點失望，悻悻而歸。這個長髮青年就是夢二。很快，就帶了些其手繪的關於棒球「早慶戰」的明信片來寄售，為他萬喜的小店增色不少。

他萬喜明眸皓齒，身材豐滿，加上新寡孀居，求愛者甚眾。夢二一介藝青，隻身闖蕩京城，全無優勢可言。但夢二拿著戶口本向他萬喜的兄弟夫婦求婚的真誠，感動了他丑一家，終於抱得美人歸。如此，夢二結束了與窮哥們一起賃屋自炊的單身生活，進了自己選擇的「圍城」。旋即入社《讀賣新聞》，月俸十五圓，並開始在太平洋畫會研究所研習洋畫。

作為夢想靠藝術立身揚名的藝青，夢二最傾倒的洋畫家是藤島武二[3]，據說「夢二」的筆名即包含仰慕大師之意。當時，畫家成名的惟一途徑是畫所謂「大畫」[4]，參加官展，夢二自然也無法免俗而無視這個出世的「窄門」。但看了夢二作品的藤島卻對夢二說，你已經形成了自己的風格，不妨照這路子畫下去。這對一個未受過專門藝術教育的在野藝青來說，可謂莫大的鼓勵。從此，夢二徹底放棄了以參選官展而出世的「龍門跳」之想。

擁有了「專屬模特兒」的夢二，很快創造了一種風格獨特的美人畫，這種後來被稱為「夢二式美人」的作品，風靡了大正時期的東洋社會。其特徵，用日本美術評論家大木惇夫的話說：「夢二所畫的年輕女性，無論哪一個，都長著惆悵的臉，眸子大而圓，眼睫細長，那種明顯的夢想型、腺病質[5]的樣態，好像馬上就要折斷似的，有種難以名狀的易碎之美。」其實，他萬喜本身，就是這種易碎的、但本質上卻是強悍的性格（或者說易碎的外套裡面，是強韌的芯子）。

「鶴屋」很快成了年輕人的沙龍，文青藝青，俊男美女，各色人等，熙來攘往。而他萬喜，這個年長夢二兩歲的豐滿、風騷、才氣煥發的女人，則是君臨天下的女王。他萬喜做作、誇張的性格和夢二的內向、善妒形成了鮮明的對

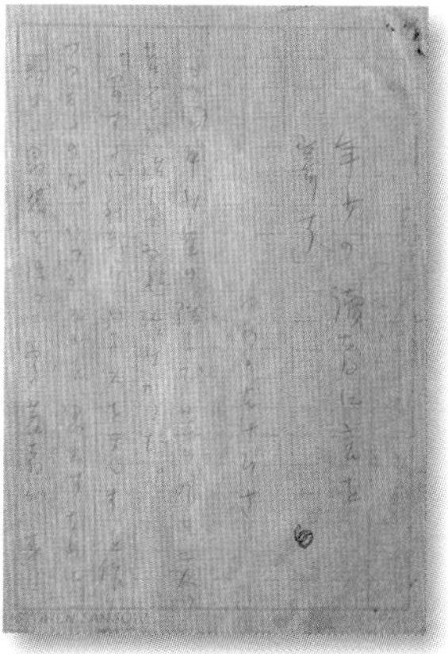

夢二回覆少年讀者的親筆信，昭和四年（1929年）。

3 藤島武二（Fujishima Takeji, 1867-1943），日本現代洋畫家，大正時代的畫壇領袖，「白馬會」創始人。
4 大畫：即法文Tableau，意為畫在畫布上的完成品油畫，有純藝術（Fine Art）的意思。
5 腺病質：日文「腺病體質」，形容體弱多病，精神衰弱的狀態。

比，二者相互碰撞，相互激發，越發強化了這種性格上的反差。

明治後期、大正初葉的日本，整個社會沉浸在戰勝俄國，「升級」為亞洲第一強國的自負中，連青年女子都流行把劉海誇張地蓬起、露出額頭的髮型，並為紀念攻陷旅順而美其名曰「二〇三高地」。看上個世紀初的老照片，當時東京日本橋、銀座的大街上，滿街淨是撐著遮陽傘、蓄「二〇三高地」式髮型的摩登女郎。夏目漱石發表了傳世之作《我是貓》，上田敏翻譯了詩集《海潮音》，女性雜誌《婦人畫報》出版發行，日本YWCA[6]創立……自明治維新始，積兩代人之功不懈攝取、消化、吸收的西洋文化，彷彿一夜之間突然遍地開花，一種前所未有的自由、開放的空氣，把東洋社會帶進一個後來稱為「大正民主」的新時代。

夢二和他萬喜忙著參加各種派對，有時甚至會在化裝舞會上折騰通宵。夢二心中深藏已久、連自己也不自覺的某種朦朧的渴望漸漸甦醒，但日常、瑣碎的婚姻生活顯然無法滿足。另一方面，他萬喜過於開放的性格和氾濫無度的愛也傷害了夢二。據說，一度頻繁出入夢二家的文青、後成為作家的浜本浩[7]十八歲時，曾受到

6　YWCA：基督教女子青年會，Young Women's Christian Association。
7　浜本浩（Hamamoto Hiroshi, 1890-1959），日本現代小說家。

上：夢二與他萬喜。
右下：岸他萬喜。
左下：夢二與他萬喜及次子不二彥。

過體態豐滿的他萬喜的誘惑。而她與美少年、後成為著名畫家的東鄉青兒[8]發生關係，雖然是在與夢二分手之後的事情，但後者仍然無法完全釋懷，不過這是後話。藝術家氣質的夢二，性格中似乎有把自己對女性的理想化想像加以對象化、類型化，然後寄託自身的某種情感性訴求於其中的一面，這既成就了所謂「夢二式美人」的美學理念，卻也注定了夢二的悲劇。因為，他所傾瀉的情感性訴求，多基於其自身的主觀想像，而非對象物（人）所實有，有些則超出了後者的物理基礎，成為類似生命中不能承受之輕似的東西。

兩人結合一年後，長子虹之助出生；三年後，協議離婚。但離婚僅三個月，又攜手同登富士山。此後數年，兩人若即若離，不斷重複同居與分居的輪迴。虹之助之後，又生了次子不二彥和三子草一。而他萬喜之後，夢二再無生養。也許，對這對「冤家」來說，婚姻原本就沒有意義。

明治四十二年（一九〇九年）十二月十五日，對夢二來說，是一個相當重要的日子。其處女畫集《夢二畫集 春之

夢二詩集。

卷》由「洛陽堂」出版，頃刻間紙貴洛陽。正如寫在畫集扉頁上的夢二獻詞——「獻給分別的眸之人」那樣，「美目盼兮」的他萬喜，縱然分手，也是夢二的繆思。說是畫集，其實是詩畫集。與斯時流行的洋畫不同，夢二以毛筆丹青，配以詩句。詩與畫的關係，也是互為主次，相輔相成，頗有中國古代文人畫的神韻，但題材則是現代東洋社會之世相百態，有很強的當下性，為彼時青年男女追捧不已。據說，因夢二畫集在貴族學府女子學習院的女學生間流傳，使本來應該專心研習傳統華族女性「禮儀做法」的青年女子無心向學，精神渙散，令時任院長的乃木希典大將頭痛不已。

夢二作品的轟動效應甚至溢出國界，對中國大陸的知識分子也發生了相當的影響：一九二一年春，在日本留學的豐子愷偶然在東京的舊書攤上發現一冊《夢二畫集春之卷》：

> 隨手拿起來，從尾至首倒翻過去，看見裡面都是寥寥數筆的毛筆Sketch（速寫）。書頁的邊上沒有切齊，翻到題目「Classmate」的一頁上自然地停止了。

8 東鄉青兒（Togo Seiji, 1897-1978），日本現代洋畫家。

我看見頁的主位裡畫著一輛人力車的一部分和一個人力車夫的背部，車中坐著一個女子，她的頭上梳著丸（Marumage，已嫁女子的髻式），身上穿著貴婦人的服裝，肩上架著一把當時日本流行的貴重的障日傘，手裡拿著一大包裝精美的物品。雖然各部都只寥寥數筆，但筆筆都能強明地表現出她是一個已嫁的貴族少婦……她大約是從宅邸坐人力車到三越吳服店裡去購了化妝品回來，或者是應某伯爵夫人的招待，而受了貴重的贈物回來？但她現在正向站在路旁的另一個婦人點頭招呼。這婦人畫在人力車夫的背與貴婦人的膝之間的空隙中，蓬首垢面，背上負著一個光頭的嬰孩，一件笨重的大領口的叉襟衣服包裹了這母子二人。她顯然是一個貧人之妻，背了孩子在街上走，與這人力車打個照面，臉上現出侷促不安之色而向車中的女人打招呼。從畫題上知道她們兩人是Classmate（同級生）。

我當時便在舊書攤上出神。因為這頁上寥寥數筆的畫，使我痛切地感到社會的怪相與人世的悲哀。她們兩人曾在同一女學校的同一教室的窗下共數長年的晨夕，親近地、平等地做過長年的「同級生」。但出校而各自嫁人之後，就因了社會上的所謂貧富貴賤的階級，而變成這幅畫裡所顯示的不平等與疏遠了！人類的運命，尤其是女人的運命，真是可悲哀的！人類社會的組織，真是可詛咒的！這寥寥數筆的一幅畫，不僅以造型的美感動我的眼，又以詩的意味感動我的心。[9]

作為一個來自苦難的鄰國，同樣掙扎於藝術理想與生存現實的夾縫中的藝青來說，豐子愷對夢二藝術的解讀似有過於簡單化、流於社會學批評的傾向，但夢二的藝術表達語言，令這個原本抱著學西畫的念頭負笈東洋，但到了日本卻對學西畫斷了念，正苦苦思索著自身的藝術出路；而就在思考出路的時候，偏偏經濟又出現狀況，出國不到一年就面臨回國的選擇。與夢二的邂逅，攪動了中國藝青的慧根，使他豁然開朗：「畫原來還可以這麼畫！」誠可謂「外師造化，中得心源」。

9 豐子愷：《繪畫與文學》，湖南文藝出版社，二〇〇一年八月版，第三十四—三十五頁。

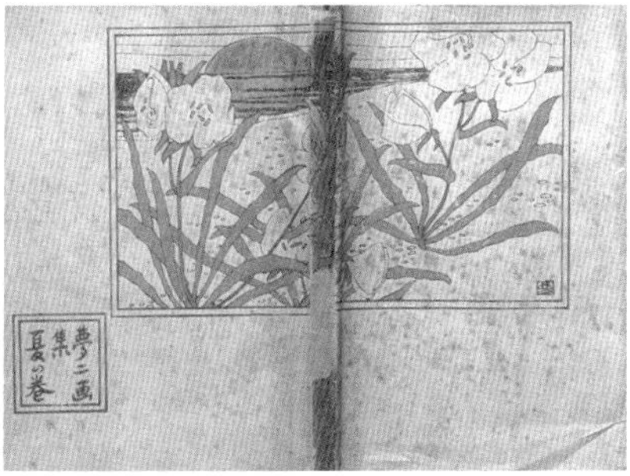

《夢二畫集 夏之卷》、《夢二畫集 秋之卷》，明治四十三年（1910）。

〈刷牙的小孩〉（39.7×29.4cm），創作年代不詳。

不久，豐子愷回國。離日前，特地託友人黃涵秋替他搜集竹久夢二其他的畫冊。黃不負重託，很快替他在坊間覓齊了夢二的《夏》、《秋》、《冬》三冊，外加《京人形》和《夢二畫手本》，一併寄送豐，給後者以莫大的安慰。沒過多久，中國讀者就看到了以毛筆和墨在宣紙上描繪的「平常所縈心的瑣事細故」。毋庸諱言，「子愷漫畫」正是豐子愷在汲取了竹久夢二藝術營養之後轉型的結果。

不過，對「子愷漫畫」的藝術評價問題，歷來見仁見智。給與正面評價者，多在後世；而不以為然者，則以豐的同代人居多。前者，隨著豐建國後入仕體制，儼然文化重鎮，對其人其畫的讚譽俯首皆是，在此不贅；而後者，則以周作人的「酷

上：《夢二畫集 春之卷》中的漫畫。下：一九二一年春，給留日藝青豐子愷巨大刺激的《夢二畫集 春之卷》（一九〇九年十二月出版）。

評」為代表：

……豐君（指豐子愷）的畫從前似出於竹久夢二，後來漸益浮滑，大抵趕得上王冶梅算是最好的了，這回（指豐所畫《漫畫阿Q正傳》）所見雖然不能說比《護生畫集》更壞，也總不見得好。[10]

《護生畫集》最初係在豐子愷的恩師弘一法師（李叔同）的動議下，由師徒二人共事編纂，豐作畫，李配文（前兩集），全部六集，歷時近半個世紀（從一九二七年至一九七三年）始完成。其漫畫多取材於江南鄉野市井的日常生活，男耕女織，桑間陌下，家長里

「子愷漫畫」，與「夢二漫畫」的確很神似。

短，動物凶猛；風格恬淡，筆觸生動，有濃厚的中國民間和佛教色彩，乃「子愷漫畫」中的集大成者，精品中的精品。連《護生畫集》尚不入周作人的法眼，周對「子愷漫畫」的不屑可見一斑。題外插花，點到為止。

港屋・彥乃・京都時代

大正三年（一九一四）十月一日，他萬喜在此前「鶴屋」的基礎上，又在日本橋附近開了一爿新店「港屋」，這是一個經營木版畫、石版畫、繪本、明信片、詩集及各種畫紙、信箋、人形（日本傳統人偶）、手繪遮陽傘的小店，與其說是文具店，不如說是面向女性的精品店。因夢二的關係，很快又成了畫家、詩人、文化人的據點。儘管名義上是他萬喜為自謀經濟出路而開的店，但實際上處處離不開夢二的心血，從店招到各種帶圖案的信封、信箋、祝儀袋、包袱布、包裝袋等等，統統是夢二的設計。乃至當時的「港屋」儼然成了東京名店，尤其在年輕女性中，頗有人氣。對女孩子們來說，使用「港屋」的文具，用夢二設計的信封、信箋寫信意味

10　周作人：《關於阿Q》（收入《秉燭後談》），後收入《周作人文類編 第十卷／〈八十心情〉》，湖南文藝出版社，一九八八年九月版，第一三五頁。

著一種品味。大正時期的名詩人荻原朔太郎就曾從「港屋」買來半襟[11]送給妹妹作禮物。

在傳統日本美術界，歷來有種重藝術、輕設計的傾向，覺得只有畫參加官辦畫展的架上作品是「純藝術」（Fine Art），是藝術家的工作，而後者則是「職人」（匠人）的活計。夢二作為「體制外」藝術家，頭腦中根本沒有這些門戶之見，覺得自己只是一個以畫畫為天職的人，無論再普通的日常性裝幀設計，只要有圖案，便能讓他投入。因此，夢二不僅是畫家，同時也是書籍裝幀設計家、人形設計家、攝影家，其藝術觸角幾乎觸及了那個時代視覺藝術的所有領域。

夢二一邊旅行，一邊在旅行途中速寫、攝影，在旅次為東京的刊物畫插畫，偶爾會愛上某個淺草的藝伎，在這種「藝術人生」逐漸展開的過程中，與他萬喜的關係開始變得險惡起來。大正二年（一九一三）二月，在富山的海岸溫泉旅館，發生了夢二用刀砍刺他萬喜的事件。隨後，是年五月，夢二結識了十九歲的笠井彥乃（Sakai Hikono），並迅速墜入情網。當時夢二三十一歲，比彥乃整長一輪。

彥乃是日本橋一間專門向宮內省提供御用古紙的古紙屋老闆的千金，作為女子

11　半襟：日本女子和服襯衣上裝飾用的襯領。

夢二設計的「港屋」繪草紙店廣告畫，大正三年（1914）。

美術學校日本畫科的學生，是不折不扣的藝青。其出入當時已成文化人沙龍的「港屋」，一方面是因為自己是畫生，另一方面是慕夢二的畫名，是忠誠的「夢二迷」。雖然是富人家的千金小姐，但因為母親是繼母，這讓從他萬喜那裡時常感到某種「壓迫」的夢二深以共鳴。大正四年（一九一五年）五月，兩人關係取得了決定性發展：當時，夢二正在郊外的落合村獨居，彥乃突然現身造

「港屋」女老闆他萬喜。

夢二在「港屋」門前。

訪……客觀上，與彥乃的愛情，加速了夢二京都時代的到來。

大正五年（一九一六年）十一月二十日，夢二逃到京都，寄宿於舊友堀內清家，開始了長達三年的京都時代。夢二為何要逃往京都呢？照他萬喜在〈憶夢二〉中的說法，是年十一月，發生於葉山日陰茶屋的大杉榮[12]刺殺事件對夢二刺激不小，震驚之餘，「他擔心同樣的事體也會發生在自己身上，便匆忙打點行李逃往京都。」但事實上，夢二的逃難無疑有彥乃的原因，即使未必是決定性的。夢二預感到，與彥乃的愛情，在東京是絕對無從展開的。

夢二內心並非沒有掙扎。作為與他萬喜所生的兩個孩子（當時）的父親，年長彥乃整整一輪的男人，夢二當然不願看到彥乃因自己的原因而墮入不幸。但同時，他又有種分外強烈的實感，覺得自己就是為了這個愛情才被降生到世上。同時，性格強悍的他萬喜的行動從側面反而推動了事態的發展也是一個事實。據夢二在自傳小說《出帆》中流露，與夢二離婚後仍保持同居關係的他萬喜在得知兩人關係的實態後，曾對夢二說：「我會為了孩子而生活下去。而對你來說，若是為藝術的話，吉野小姐（即彥乃）那樣的人是必要的。把吉野小姐娶過來吧，然後大家一起

12　大杉榮（Oosigi Sakae, 1885-1923），日本現代思想家、作家、社會活動家，著名的無政府主義者，跟夢二早年有私交。

過。」說著，還特意去彥乃家，對其雙親說：「請讓您的女兒嫁給我的良人吧……」

雖說是自傳小說中的情節，但以他萬喜的性格，絕對做得出來的。對此，夢二知之甚深。就他萬喜而言，之所以心甘情願如此「仁至義盡」，未必不是因為在潛意識中，期待著彥乃父親反彈後的逆效果，客觀上反過來給自己幫忙。果不其然，彥乃的老爹聞後震怒，折斷畫筆、撕碎畫帖，對女兒放出狠話「不必再去上什麼鳥學」，連彥乃去「錢湯」（日本的公共浴池）都在後面悄悄盯梢。生性敏感的夢二聽到這些，心痛不已，羞愧難當，惟一的選擇是從「港屋」逃亡，越快越好。

甭管怎麼說，夢二逃到了京都。一到京都，馬上就對彥乃發出了緊急「召集令」：想方設法速至京都！而後者，則早已被置於其父的嚴密監控之下。

兩人把元祿年間赤穗義士（「四十七士」）替主復仇時的暗語「山、川」拆開來，作為各自的暗號，開始了京都與東京之間的「兩地書」：三十一歲的「川」（夢二）像孩子似的一味地激情燃燒，而十九歲的「山」（彥乃）反作少年老成狀對夢二的焦慮、急躁不無嗔怪。

至此，夢二一家完全破碎：「夫妻」二人終於勞燕分飛，分道揚鑣；長子虹之助本來就寄養在九州的老家，最小的兒子草一過繼給河合武雄做養子（後戰死）；

次子不二彥翌年被送到京都與父同居。經過在友人家借宿的過渡期，翌年二月夢二開始了在京都賃屋而居的生活。大正六年（一九一七年）六月，通過女子美術學校前輩栗原玉葉的斡旋，以跟隨在京都的老師寺崎廣業學藝為藉口，彥乃終於被父親許可赴京都。夢二親赴米原車站出迎，然後一起回到高台寺附近的家裡，開始了與夢二次子不二彥一起的三人「家庭生活」。

　　幸福的時光往往行色匆匆。夏天，三人一起去金澤

右：一九一六年十一月，夢二逃到京都，寄宿於舊友堀內清家，開始了長達三年的京都時代。此為夢二最初借居過的清水二年坂。

左：京都時代，夢二經常出入的京都圖書館。

旅行；秋天，夢二的抒情小品個展開幕，與此同時，還出版了名為《寄山集》的給彥乃的戀歌集；個展結束後，夢二挈婦將雛赴石川縣湯湧溫泉度假……這是「山」「川」二人生涯中最幸福的時日，卻像偷歡一樣轉瞬即逝。翌年三月，事情敗露，彥乃被父親強行帶回東京。繼而，在夢二京都時代第二個個展時，彥乃再次回到夢二身邊。只是這次重聚的幸福卻更加短暫：夏天，彥乃一病沉疴，夢二的愛情再次被命運撕裂。

十月，彥乃的父親從東京趕來，不容分說，就把女兒送進京都的醫院，並拒絕夢二的探視。萬般無奈之下，十一月，夢二回到東京，先在中野的友人家借宿，後寄身於本鄉的菊富士旅館。年底，彥乃回到東京，入咫尺之遙的御茶之水的順天堂醫院。一年後（一九二〇年一月），香消玉殞，虛歲二十五（滿二十三周歲）。

笠井彥乃。

彥乃走的時候，天驀地陰下來，像要下雪似的。從距順天堂醫院僅三五百公尺之遙的尼古拉堂方向，傳來了悠揚的鐘聲。

從所有意義上說，彥乃無疑是夢二生命中最重要的女人。據次子不二彥回憶，夢二歿後，栗山松香姑母交給他一枚白金戒指。不二彥一看便知，那是父親生前須臾不曾從左手無名指上摘下來的東西。細加端詳，戒指的內側，刻著一行小字：夢35—乃25。原來是彥乃卒時的年齡（虛歲）與夢二在彼時的足歲。不二彥成年後，曾與父親數度旅行，每次在旅次的宿帳上登記時，像約定俗成似的，夢二一律寫成「竹久夢二，三十五」。不解其意的不二彥雖心中納罕，但從來沒問過。答案原來在這裡：從痛失彥乃的那一刻起，夢二便將自己置身於浮世的時光流之外，實際上是心隨彥乃而去了。

不僅如此，在夢二的藝術上，彥乃也留下了深深的印痕。照早年跟夢二過從甚密，對夢二藝術知之甚深的小說家浜本浩的看法，夢二「作品中的情緒，達到最高潮、最純化的時期，是在大正七、八年以後，按藝術家的生涯來說，是從他失去彥乃之後開始的」；「經歷了跟彥乃的死別，他試圖從所有的現象中追究她的面影，刻意驅逐自身的雜念，使精神純化。這就是為什麼從那以來，在他所描繪的女性、自然、靜物及其他所有題材中，其憧憬和悲哀被如此深刻、如此淋漓盡致地表現的緣故。」

右：位於東京高林寺的彥乃之墓。

左：彥乃走的時候，天驀地陰下來，像要下雪似的。從距順天堂醫院僅三五百公尺之遙的尼古拉堂方向，傳來了悠揚的鐘聲。

葉・寫真・順子・秀子

在彥乃住院的大正八年（一九一九年）春天，夢二身邊出現了第三個宿命的女人：葉。十七歲，美術學校的人氣裸體模特兒。對夢二來說，這個比自己小二十歲的女孩，無異於活的人形。起初，葉天天來夢二寄居的菊富士旅館，給藝術家當模特兒。後來，兩人就同居了。

葉，其實是夢二給取的愛稱，其本名為佐佐木兼代（又名永井兼代），典型的秋田美女。作為職業模特兒，葉很早就開始了出入美術學校畫室和名畫家工作室的生活。因曾當過藤島武二的專屬模特兒，通過藤島的畫筆，其纖弱感性、楚楚動人的曲線、身姿其實早已定格於東洋美術史的一些傳世之作中。為夢二工作之前，迫於生活，甚至做過虐戀題材的模特兒，因此而被一些三流藝術家、下流文人在文章和書裡爆料，拿無聊當有趣，實際上完全是自我炒作。

而夢二卻是善良的。他在給葉的信中如此寫道：「你真的是好孩子。但因命運的緣故，那些無須知道的，被過多知曉；而應該知道的，人們卻全然不知。」一方面，夢二是流行藝術家，生活在被時尚的光與影包圍著的浮華世界，但同時，他又是非常單純的藝術家，一生與所謂「主流」保持距離，在浮華的世界中維護了自己

右：〈私奔〉（絹本著色，113.7×32.8cm），大正十一年（1922）。
左：〈黒船屋〉（絹本著色，131.0×51.0cm），大正八年（1919）。

原初的本色。也許正因此，夢二是寂寞的。

寂寞的人，喜歡旅行，旅行時，喜歡速寫、拍照。夢二的時代，正是舶來的攝影術在日本方興未艾，照相機像留聲機一樣，成為那個時代雖然價格不菲，但卻不可或缺的點綴。大正四年（一九一五），「柯達」袖珍型相機輸入日本，引發寫真熱。作為流行藝術家、大眾傳媒的寵兒，夢二很早就開始攝影，幾乎是走到哪拍到哪，一生留下了大量照片。自然，相當數量是關於「夢二式女人」的。夢二生命中三個最重要的女人，從前往後，照片一個比一個多：彥乃多於他萬喜，而葉則比彥乃多。按拍攝的時間順序來考察，可以看出，早期的攝影，隨意抓拍的多；越往後，越像夢二的畫。到後期，那些由職業模特兒出身的葉擺拍而成作品，簡直就像是其美人畫的翻版。

繪畫的美女、寫真的美女與現實的美女，這三者的關係原本代表三種維度，但在夢二那裡卻幾乎全部重合、疊加到了一起。小說家川端康成在隨筆〈臨終的眼〉中曾描繪過「夢二式美人」對其造成的心理震懾：一次，一位年輕作家拉川端一起去造訪夢二。

夢二不在家。有個婦女端坐在鏡前，姿態簡直跟夢二的畫中人一模一樣，我懷

夢二與葉。

本鄉菊坂。夢二最初邂逅葉的菊富士旅館就在這附近。

夢二與葉在宇田川町的家。

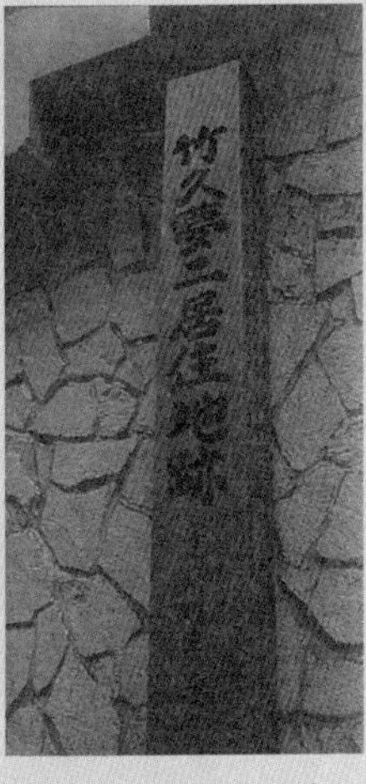

與葉生活過的澀谷區宇田川町故地。

詩人竹久夢二：藝術的煩惱，還是愛的煩惱？抑或是人生的煩惱？

疑起自己的眼睛來了。不一會兒，她站起來，一邊抓著正門的拉門，一邊目送著我們。她的動作，一舉手一投足，簡直像是從夢二的畫中跳出來，使我驚愕不已，幾乎連話都說不出來了……[13]

進而，川端領悟到，「夢二是在女人的身體上把自己的畫完全描繪出來。這可能是藝術的勝利，也可能是某種失敗」。為什麼說是「失敗」呢？川端沒有解釋。大約是替那些藝術通過作品被高度定型化，從而與現實生活難以拉開距離的藝術家感到悲哀吧。就夢二而言，川端也許窺到了對生活與美的一致性原則到了偏執程度的東洋式藝術追求，那種把女人也要變成完全的藝術品的極端純化的審美訴求背後的危險性。然而諷刺的是，四十年後，折桂諾貝爾獎、功成名就的川端自己在公寓裡口銜煤氣膠管自殺的事實，恰恰反證了這種危險的難以超越性——夢二的「失敗」，也未嘗不是川端的「失敗」。

有位西哲把「漁色男」分為兩種類型：卡薩諾瓦（Casanova）型和唐璜（Don

13 〈臨終的眼〉：收入《川端康成文集／花未眠——散文選編》，廣西師範大學出版社，二〇〇二年二月版，第六十九頁。

〈櫻下五美人〉（絹本著色，141.1×62.9cm），大正中期。

Juan）型。前者狂熱地追求肉體的快感，玩味不同口味的性愛，在自娛的同時也娛人，可謂「悅女無數」；而後者，表面看像是不停地從一個女人走向另一個女人，永無終點，永無厭足，同樣是閱女無數，但實際上，其所愛始終只有一個，那就是只存在於想像中的完美的「理想女性」。這種對性愛與性的不同定位，宿命般地注定了前者是快樂的，而後者是痛苦的；前者的追求有「積極」、「入世」的一面，而後者則是消極的、頹廢的。

夢二當然不是一般意義上的漁色家。但從他骨子裡始終不離對所謂「理想女性」的執著及不惜為愛而憔悴、為愛而破碎這點來看，某種意義上確是比較接近唐璜的類型。被夢二追求過、跟他一起生活過的女人，從容貌到性格，雖然不乏某些共通的特徵，但距離「理想女性」仍有不同程度的距離。或者可以認為，對夢二來說，「真正的女人」只存於繪畫中，現實中的女人，只是其「複製版」而已，而不是相反。從他生前幾乎只畫身邊的女人，絕少雇用專業模特兒這點來看，他無疑是以生活中的女人為模特兒，以近乎內心獨白的方式，不懈地描繪、完善、逼近著心目中的「理想女性」。但也許正是因了這個緣故，畫家筆下的女人，或大家閨秀，或小家碧玉，或良家婦人，或風塵遊女，總不脫一絲悵然若失、空靈虛幻的神情——那是一種在人生旅途中迷失後的困惑與倦怠感，一種徹底厭倦了俗世風景後，復歸自我內心時的靈動、剔透感。

據早年與夢二曾有過交遊、後成為隨筆家的福田蘭童[14]回憶，在夢二晚年居住的、位於東京世田谷區松原的宅邸兼畫室「少年山莊」裡，常年有一群美少女出沒，有的乾脆就住在那兒，成為夢二家的食客、書童。這些從十六到十九歲的花季少女，出身各異，有人形業者的女兒，練弓場主的女兒，按摩師、理髮師之女等，且多為幼年失怙，被母親一手拉拔大者，夢二有意無意中同時扮演了父親和為戀父情結所囿的少女們的情人的雙重角色——松原的畫室儼然成了夢二的伊甸園。

夢二妒心極重，對身邊的女性被其他男性覬覦、搶奪懷有深深的恐懼。據福田蘭童說，有權窺視畫室的男性屈指可數，只有公子不二彥、弟子大岩保、醫師岡田道一及福田本人。越到後來，夢二的占有欲、嫉妒心越畸形發展，完全到了難以控制的病態程度。乃至最後，一些多年出沒山莊的畫家、詩人，不得不與夢二斷絕了來往。

一位在藝術圈被稱為「和製娜拉」，與圈內好幾位作家、畫家都有過暗通款曲的故事的風流人妻，名叫山田順子，雖談不上美女，但生得膚白柔嫩，頗有魅力。

14 福田蘭童（Fukuda Rando, 1905-1976），原名石渡幸彥，洋畫家青木繁之子，尺八演奏家、作曲家、隨筆家。

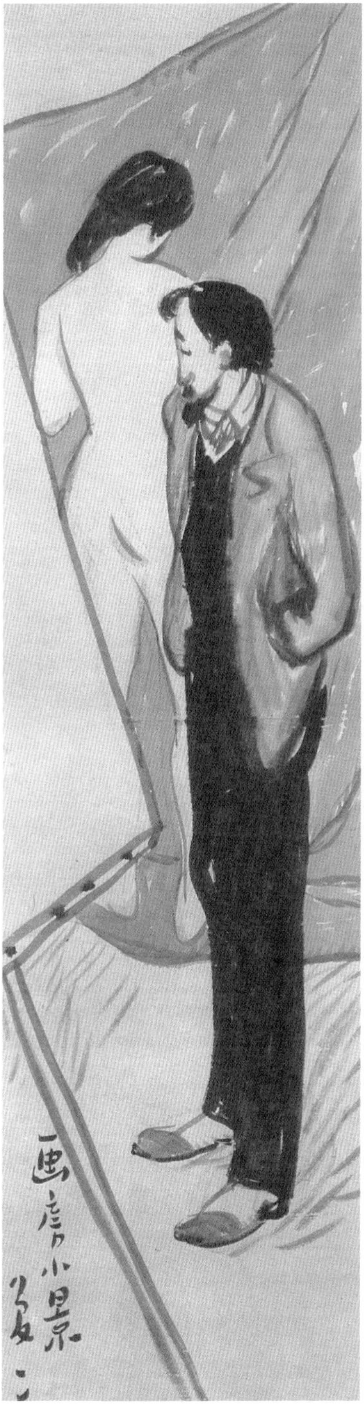

右：〈畫房小景〉，大正中期。

左：〈筑波山圖〉（絹本著色142.0×41.0cm），大正後期。

第一次因書籍裝幀事宜而踏進山莊，便成了夢二的獵物。為此，葉憤而出走。

很快，那個女人性格中過於主動的「進攻型」一面令夢二生厭。同時，新聞媒體開始炒作抒情畫家與「和製娜拉」的露水姻緣，以譏諷的口吻，大加奚落。興許是「問題人妻」過於招惹的緣故，夢二隸屬的藝術團體「春草會」居然發起會員簽名運動：一份由全體會員連署的聲明要求夢二要麼趕走順子，迎回葉，要麼即刻退會，以此敦促其「懸崖勒馬」——當然，此乃出於對夢二的同情、試圖讓其從外界輿論的非難中解脫之舉。夢二正好順台階下，順勢了斷了這樁持續四個月的情事。但離家出走的葉卻再也沒有回來。在後來出版的《出帆》中，順子被刻畫得很不堪，這在夢二來說是相當反常之舉，他一生幾乎從未詬病過任何女人。

集畫家、詩人、作家的光環於

位於東京世田谷區松原的「少年山莊」（復原建築）。

一身的夢二是大眾傳媒的寵兒。一位名叫小池秀子的少女雜誌的美女編輯，常來夢二家取插畫稿。秀子生得白白淨淨，有一張可愛的娃娃臉，是夢二喜歡的那種類型。為了能與秀子多待會，夢二常藉故拖稿，即使差不多已經畫好了，也故意遲遲不交卷。秀子每每默默忍耐，在一旁無言地等候，那副無辜無奈、楚楚可憐的神情更撩撥得夢二心旌動搖，同時也讓經常出入夢二畫室的福田蘭童看在眼裡，心生愛戀。不久，福田與秀子兩情相悅，雙雙墜入愛河，兩人的交往得到了秀子母親的默許。

夢二曾下榻過的山王俱樂部。

忽一日，福田接秀子母親的急信，被告知秀子失蹤，速來。福田火速趕到秀子家，母親哭訴女兒已三日未歸。去雜誌社詢問，說秀子去夢二家催稿，一去不歸。

復去夢二府上，女傭雪坊（也是一名因崇拜夢二而長期寄居在畫家家的美少女）說夢二三天前離家，不知去了哪裡。直至兩三天後，秀子悄然回家，並對母親坦白了「失蹤」的來龍去脈：終於未能抵擋夢二的誘惑，跟他去了筑波山麓的旅館……母親聽罷淚流不止。

秀子的告白令福田無語，也成了自己被母親禁足的理由。很快，夢二從橫濱出發，踏上了放洋之旅，歸國後，狀況大變。秀子應該是他在國內的最後的情人。從他萬喜，到彥乃，到葉、順子，直到秀子，間或還有花街柳巷與風塵歌女、藝伎花魁的苟且偷歡，夢二像唐璜似的，不知疲倦地從一個裙釵走向另一個巾幗。但正如唐璜永遠當不了卡薩諾瓦似的，夢二也永遠成不了快樂的花花公子。相反，他在愛與憎、誓約與背叛、傷害與被傷害的兩極間不快樂地活著，時而振奮、燃燒，時而逃避、頹唐，一步一步地走向苦惱與不幸的深淵。與其說是縱欲的，毋寧說是近乎自虐的，才更準確。那些轉瞬即逝的魚水之歡所帶給夢二的，與其說是幸福，不如說是幸福的幻影，它通過藝術家的視覺心靈座標，無非一次又一次地強化了其內心關於「理想女性」的定義而已。而作為「回報」與「補償」，每一次從欲望的最底層爆發出的快感、疼痛，在歸於絕望、虛無之前，大抵都像從地獄的魔沼中泛起的水泡一樣，在寧靜的水面上升起安詳、精緻的睡蓮——那就是夢二的藝術。

放洋・住院・歸去來

夢二眾多的藝術作品，從題材上大約可分為幾類：港、異邦人、江戶情緒、女人與孩子及藝術家晚年喜歡表現的山。從如此分類中，可抽象出一個大的母題，那就是鄉愁。港是船回程的終點；異邦人意味著對遙遠的、真正意義上的心靈故鄉的鄉愁；夢二筆下的江戶，並非是以西洋為主體的異國情調的表現，從大正時期的風俗出發，恰恰是文化復歸的所在；而女人與孩子，簡直就意味著鄉愁本身。

那麼，夢二緣何如此執著於鄉愁的表達呢？其少小離家大約是原因之一；其活躍、成名的時代剛好是從「一戰」逐漸向「二戰」傾斜的時期，可能是第二個原因；而最本質的問題，是現實人生與夢二通過藝術，對一個絕對純潔無垢的精神世界的不懈憧憬之間的巨大反差，成為其內心某種越來越大、越來越強的淪喪感的根源。這種近乎「欣求淨土，厭離穢土」的宗教性關懷，使夢二的藝術帶有某種宗教畫的指向。他曾說自己是猶太人的末裔，「身上流著猶太的血」；而晚年身披僧袍躲進深山的決絕背影，則更加形象地詮釋了藝術家內心這種超驗性的精神取向。

現實的世界，越發讓他感到厭煩，夢二日益呈現出頹廢派藝術家的本來面貌。用川端的話說：「他的頹廢促使他的身心早衰，樣子令人目不忍睹。頹廢似乎是通

夢二在加州。

向神的相反方向，其實是捷徑。」

昭和六年（一九三一年），夢二嘗試了一次海外長旅，從夏威夷到美利堅本土，一直到歐洲大陸，歷時兩年有半。前腳回國，後腳又馬不停蹄地奔赴台灣。然而，終未能找到「故鄉」，畫家自己也承認那「是一次失敗的旅行」。更糟糕的是，長期旅行徹底摧毀了他的健康。事實上，夢二最後看到了其靈魂的回鄉之路根本不在「此岸」的現實。

昭和九年（一九三四年）一月，夢二因肺結核住進友人正木不如丘博士當院長的信州富士見的高原療養所。住院之日，院長召集全體護士關照說：「這不是普通的住院患者，是我個人重要的友人，請大家予以充分注意」，並免掉了全部住院費。

夢二清醒地意識到自己死期已近，開始記日記《病床遺錄》（歿後發表於《改造》雜誌上）。最後幾天的日記中寫道：「姊姊松香是最愛我的人，讓她傷心會很難過……要知會的人，只有她。外界還有一人是有島[15]。」

九月一日黎明，夢二在擔當醫師和三名護士的看護下，停止了呼吸，踏上了赴

15 有島，即有島生馬（Arishima Yikuma, 1882-1974），洋畫家、文學家，「白樺派」同人。

夢二身披僧袍，躲進深山，覺得自己身上流著猶太人的血。

夢二長眠的雜司谷墓地。

夢二墓前立一原石碑，刻有島生馬手書「竹久夢二埋於此」。

彼岸的「歸去來」之旅，得年還差半個月才滿五十歲。親人均未來得及送行。夢二最後一句話是對醫護人員說的：「謝謝」。

九月初，從報紙上得知父親死訊的不二彥從中國的青島趕回東京松原的家。九月五日，親友於東京麴町的心法寺為夢二舉行葬禮。按日本佛教法事的習慣，為夢二取謚號為「竹久亭夢生樂園居士」。遺骨葬於雜司谷墓地，墓前立一原石碑，上有島生馬手書：竹久夢二埋於此。

至此，儘管戰雲密布的昭和時代已進入第九個年頭，但竹久夢二的死才讓人們覺得，羅曼蒂克的大正時代真的已經結束了。

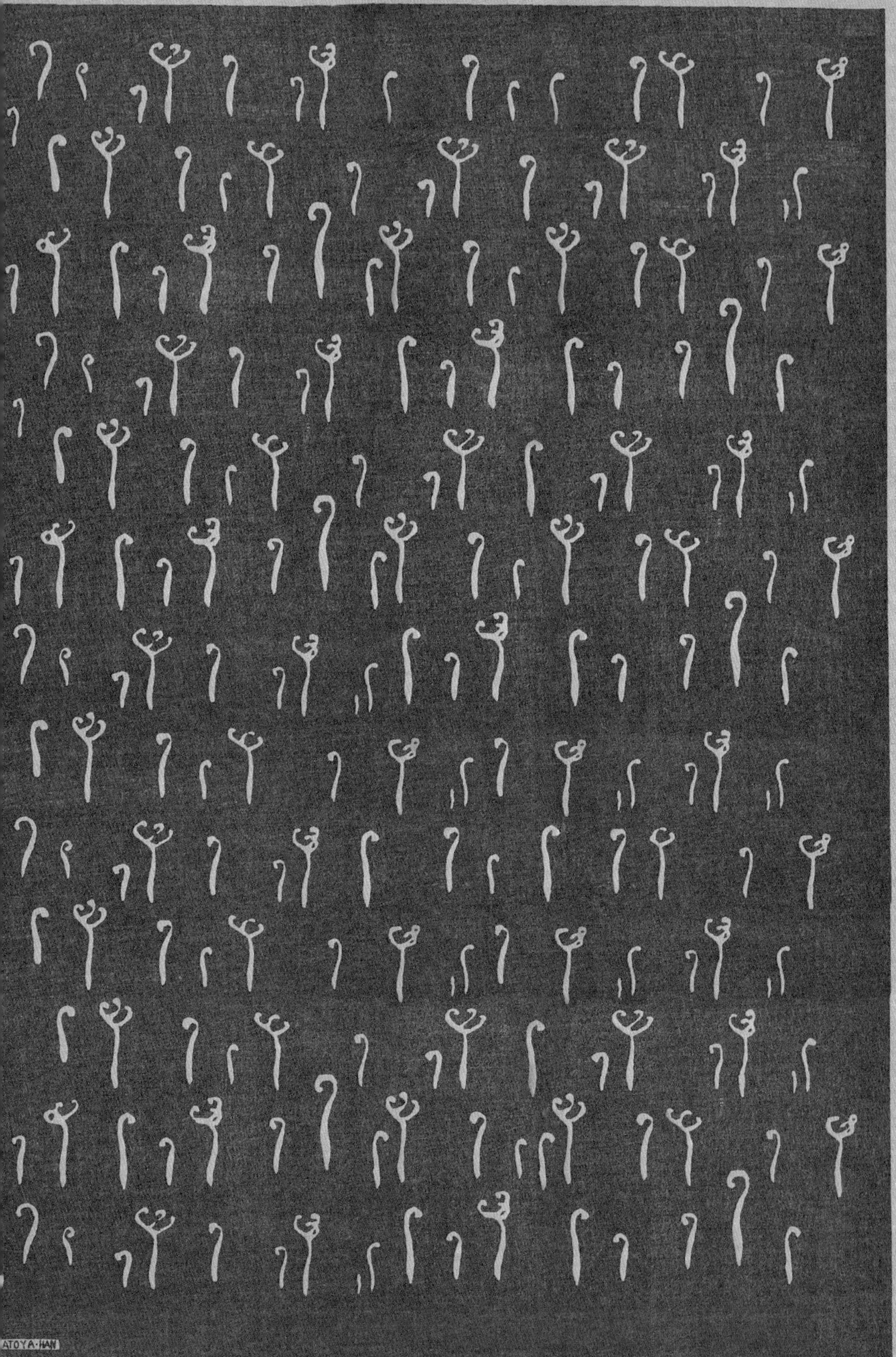
ATOYA·HAN

外歐日記

夢二日記

劉檸　譯

一九三二年十月二日

不知託誰的福，我一次都沒有患過鄉愁病，因為我原本就沒有家。我甚至也不想日本。即使沒我，日本也會變好。屠格涅夫嘗言，日本好不了。

我雖想長壽，但無論何時死，都沒有留戀。

一九三二年十月三日（於船上）

Mary的Dress美極了，腰部很像葉十七歲時的樣子。日本和服是多麼地性感啊，黃八丈[1]……

早晨，頭一次睡過了頭，第二遍鈴響，才起床。今天或明天，就到法蘭西了。啊，終於要到法蘭西了。如此之窮，也沒有了感激的今天，按說本來是不會見識法國的。

到法國要先給誰寫封信！

1 黃八丈：一種黃地帶茶褐、黑色等深色格紋的絲織品，為起源於伊豆八丈島的傳統工藝。

〈旅〉（絹本著色，111.0×96.8cm），昭和六年（1931）。

一九三二年十月四日（於船上）

那個沙龍是一家書店，一位眼睛活力十足的女子在賣豪華版的王爾德什麼的。

就跟在山上一樣，船上的菸草也很道地。大抵人在具備生理條件的時候，癡漢作用方面的要求也會變得旺盛起來。年輕船員一個勁地對那個談不上美的加州細高眺女孩灌迷湯，大約也是這個原因吧！

上：赴美前於告別展的會場。

左：〈撒喲娜拉〉（紙本水彩，44.5×24.7cm），明治四十三年（1910）。

一九三二年十月五日

一名從阿拉伯棄船回義大利蒂羅洛的男子一大早便胡亂折騰，一直追來追去地假裝要打鮑比那圓圓的小屁股。鮑比如此，瑪麗的屁股也眼瞅著見大：雖說剛十歲，卻比得上日本女孩十五、六歲的發育。化裝舞會之夜，穿上我配的化裝行頭——帶裡襯的黃八丈春秋和服時，活脫脫一個本鄉八百屋七姑娘[2]。儘管是金髮，但雲鬢高盤的脖頸之美與黃八丈的鮮豔剛好相映成趣。居然還讓我教她如何鞠躬行禮。於是，我就教她如何像新嫁娘似的以一種古風持扇。她頗開心，見了誰都樂此不疲地行東洋禮，展示給人家看，連船上的廚師都照行不誤。我想，她是在玩味這種「野蠻」的風習，也未可知。

一九三二年十月二十二日

一睜開眼就急著起床，也不知為什麼而著急。十二時。打電話到長井家，對夫人說馬

2　八百屋七姑娘：江戶時代淨瑠璃能樂中的人物。

上過去，於是乘計程車前往。我需要把行李、〈Farwell America〉[3]存到那裡。

昨晚把帽子落在咖啡館了。

帽子找到了。

•

看電影。一個叫Heavy的女優在流淚。為什麼會哭呢？因為臂戴有三個黑圈的黃色袖章的男人哭了。一個男子走過去，是盲人。盲人用手撫摸那個哭泣的男子。我也哭了。

倘若死的話，願死在秋天——因為可以用手收集落葉。

二十二日夜

一九三二年十月二十三日

去看電影時趕上下雨。電影是關於一個女人和兩個男人的故事：良女愁煞男——女人

3 Farwell America：即〈撒喲娜啦，美利堅〉，夢二著名油畫作品，作於一九三二年放洋之旅途。

〈撒哟娜拉，美利堅〉（50×53cm），昭和七年（1932）。

〈丘上之少女〉，昭和七年（1932）。

右：樂譜封面：〈再見，大衣！〉，大正九年（1920）。
左：樂譜封面：〈古老的愛之歌〉，創作年代不詳。

惟其成為好女人，才越發令男人感到痛苦。在日本沒有長期的女人這一點，恰好救了我。看到有人為女人竟至如此痛苦，便能忍受了。

夜十一時出發。

●

聽公子說，女演員伊莉莎白・貝魯娜以前是演過戲的。原來如此，難怪演技異常出色。

雖然人物關係不大清楚，但大意是，清晨，送早茶的女僕敲門，夫婦正在睡覺。老公跨過妻子的身子從寢床上跳將下來，有相當的情色味道。另外，女人跟老闆跳舞時，因為喝了酒，所以賣勁地折騰、撒酒瘋。那種眼風；迎接老闆，然後在爐火前說話，睡袍下的腿張開時，睡袍的美麗的皺褶。被撩撥得夠嗆的女人，不禁躺在床上單腿舉起，用命令的口吻對男子說：「吻這兒」，睡袍上捲，大腿若隱若現。

在日本，不大懂得外國人腿、臀的肉感，到了國外才有所體會。比起裸在外面的腿，好歹用一層什麼東西蓋住，但羅衫半露的樣子，才更肉感。

•

言語常成為音樂。譬如，在男人早起喝茶的時候。端著茶杯，倚床品茗。那動作真的很美妙，以手指持茶碗，茶好像要溢出來，卻不讓它溢出。茶托恰到好處地放在肚子上，有種肉感。

〈晚春舞蹈之國〉（紙本水彩，33.0×22.8cm），大正十五年（1926）。

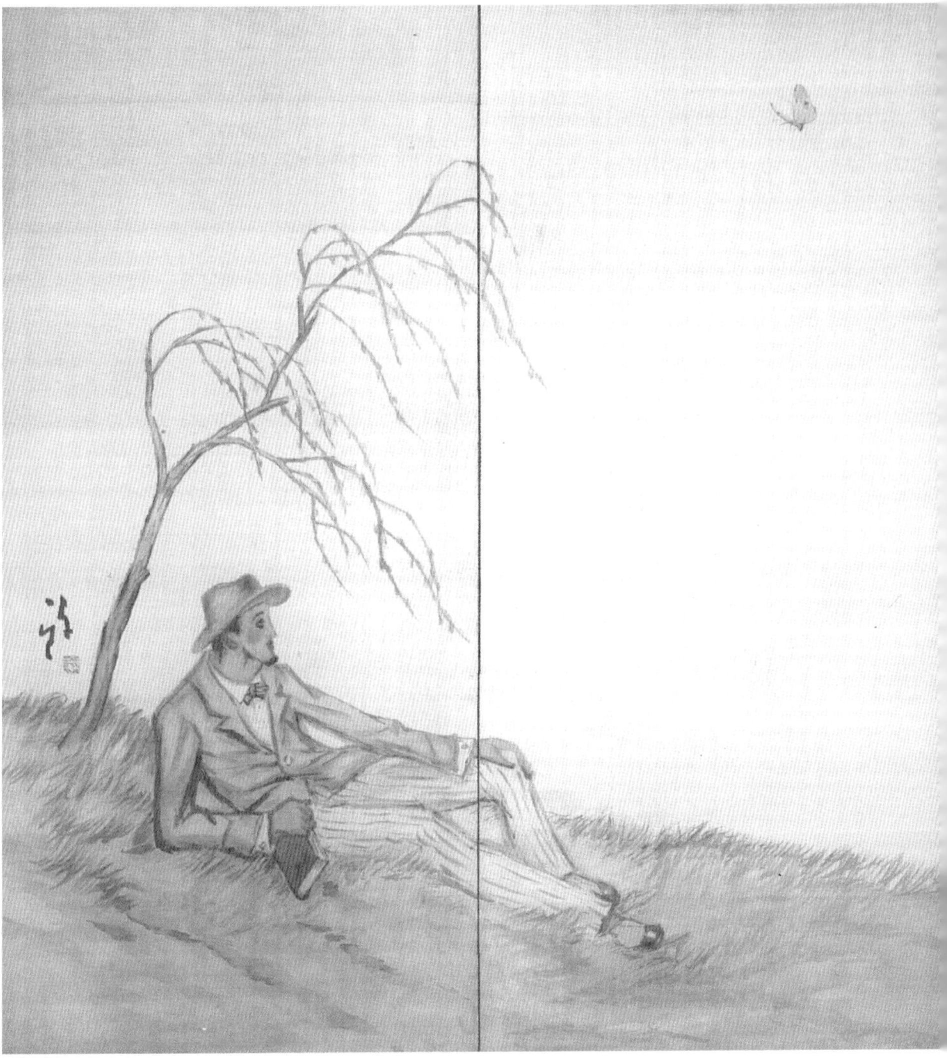

〈休憩〉（絹本著色，117.0×111.9cm），昭和初期。

一九三二年十一月六日（於因斯布魯克）

我好像總捨不得睡覺似的，睡不深，倒不是因為失眠。在那個小餐廳裡的小女孩，好像跟我說讓我彈琴。我好容易明白她的意思，但在讓她失望前，自己卻先失望了。

「可是孩子，我不會彈琴啊。去跟那位說說看。」我對她向一位女士示意道。

那位被我示意的女子笑了笑，女孩果然走過去對她說了。

後來，跟女子在一起的老人站起來彈了一段。

我和女孩開始拍手。女孩把我剛才給她的巧克力分給老人一塊。

我想我不會忘記這個餐館，還有小女孩和老人。女孩的母親並不十分好看，有點胖。

但我覺得女孩將來不會如彼發展。

給女孩畫日本舞的畫時，母親對我用德語說「謝謝」。我伸出手來，拉了下母親的手，算是回禮。又給小男孩畫了一幅馬，算是又拉了一回母親的手。告別時，我親了親那女孩的手——這是我有生以來頭一次親吻女性的手。

道旁矗立著聖瑪麗亞教堂和基督的像。瑪麗亞被塑造得有點豐腴，肥碩肉感；而基督則孤獨憔悴，一副宗教的表情。

•

回憶日記。

在小說中寫了敏子的蘆花[4]臨死前，妒嫉一個叫愛子的女子，為此而斥退了主治醫師[5]。看敏子特意趕來看望自己，蘆花雖然內心很滿足，卻終於無法表白一個「愛」字。念及當年的純情青年居然以如此方式離開世界，痛感人生的殘酷。

青年總是純潔的。

4 蘆花：即德富蘆花（Tokutomi Roka, 1868-1927），原名德富健次郎，日本近代小說家，思想家、新聞記者德富蘇峰的胞弟。

5 大約愛子與主治醫師之間存在某種曖昧關係，具體原因語焉不詳。

右：〈紅衣少女〉（昭和初期）。

左：〈曠野之女〉（絹本著色，117.0×34.0cm），大正後期。

夢二速寫自畫像。

夢二速寫。

〈春娘圖〉（絹本著色，136.0×43.0cm），大正十五年（1926）。

一九三二年十二月三日（於赴洛桑的火車上）

男人若嫉妒一個女人的話，那種認為只要她沒有對別人以身相許，即便是有愛情，也可以原諒的做法，往往被看成是偏重物質的想法，但實際上卻是一種「精神勝利法」式的感情。這種複雜的感覺，如果不是實際置身其中的話，殊難體會。可女人是如何考慮男人的呢？即使在外面有過肉體關係，但只要現在不愛了就算拉倒。而對男人來說，那怕是對那些已過「時效」的陳年舊事，也會感到肉體關係的刺痛，會把過去的苦痛變新。

一九三三年一月一日（於柏林）

雖然明明眼睛睜開了，但早上的肌肉還未「醒」——精神游離於肉體之外。人間的生活無非是物與心之爭鬥。西洋文明中過於偏重物質的流弊造成了今天的蕭條。

一九三三年（無日期，於柏林）

想到同在一個屋簷下生活，你卻愛上了外邊的男人，越發覺得你可憐。我的愛缺乏智慧，應引為憾。

〈紀之國屋〉（絹本著色，115.0×32.0cm），大正四年（1915）。

一九三三年（無日期，於柏林）

柏林——
道德與棕色制服
威嚴與權力
金嘴香菸與家政婦似的女性
混凝土與鐵

〈柏林的公園〉（紙本水彩，27.0×24.0cm）（1933）。

一九三三年（無日期，於柏林）

一位死於法國英人嘗言：「人生是藝術的模仿。」就我的人生而言，不僅是未盡脫幼少時所受藝術之影響的問題，或者乾脆是對其實踐亦未可知。

一九三三年（無日期，於柏林）

側臉很美。古埃及以來，西洋之人物畫多為側臉像。究其緣由，並非因側臉美，而是出於作畫的效果。即為了保持作畫的節奏，表現人物的運動。即使是動物畫，如果從側面加以圖案化的描繪的話，其裝飾效果也得到強化。

吾國之南畫[6]中，也有不直接畫立木的側面，而是表現其剖面的技法。即描繪把從樹根、樹梢，到實際被樹葉遮掩的部分統統呈露出來的樹幹，以此來表現樹木的力——運

6　南畫：起源於中國明代南宗畫的日本傳統繪畫流派，無關地理之南北，流行於明治前期，也稱文人畫。

動，這是一種賦予畫面以節奏感的方法。

在此，權且就舞蹈問題來思考一二：關於舞台上舞蹈者的觀眾的角度、效果，及其姿態的理論，讓我們做一番東西比較式的思考。

在作為暗示之一種的日本舞蹈中，正如挽起袖子，極力展示腰、腿輪廓線的構成一樣，南畫中，除了對葉子的量化描繪外，凸顯樹幹整體的技法如出一轍。

•

好像是艾爾曼（Ehrman）的片子。

想起女主角的裙子在左前開衩，一直開到大腿處，隨著大幅度的動作，刻意讓裙裡「風光」時隱時現的創意。這個主意不是艾爾曼的，應該是導演的。即不是出之於女性自身，而是富於效果的對某種男性經驗的發揮。作為男性的我們，恰恰在悲劇的女主角傷心欲絕、張皇失措、痛不欲生的時候，意識到女性肉體的呈露，確是一種不合時宜的「鑑賞癖」。對於把女性作為封建時代性的比照而加以觀賞的布爾喬亞的遺傳尚未得到徹底清算這點，我深感抱歉。但是，這種男性與生俱來的悲哀的遺傳，居然被女性一方

〈山之湖〉（雙幅）（紙本墨畫，各139.0×38.0cm），昭和初期。

〈咖啡屋裡的女人〉
（114.0×41.5cm），創作年代不詳。

〈行屍走肉〉（絹本著色，44.0x26.0cm），大正中期。

在意識到的情況下而加以頻頻利用，這說明我等俗世男女在實際生活中的一些特定瞬間，多半還是要受傳統的支配。我為德國的某個雜誌寫了篇文章，談的就是「若隱若現之美」的問題。

•

美女身著無袖麻紗夏裝原不是為了衣服，而是為了呈露美麗的肉體。正如裁軍會議上所規定的毒氣、細菌的禁止條款，其目的本不在禁止，而是旨在使用的協調一樣。

裝飾百貨店櫥窗的長襪，無精打采地縮成一團。

通宵站街的女郎。

牙痛。在太平洋上大橋上，

這次是在這一端的岸上。

一九三三年十月十八日（致宗師R）

到國外的人常常說起，我最近對日本人做的事情，也開始抱一種從未有過的關注。前些時候，在某人的書齋裡，拾得攝津大掾[7]的一段話：「一味地追求音階的高低、技巧，也許能得其『形』[8]，但卻無法得其『型』[9]。總而言之，淨瑠璃應以地聲[10]演唱為上，假聲則很糟。以地聲為主，同時把音調加以調節，自然地分唱出老弱男女、喜怒哀樂的不同角色、情景，才是其本來的理想化境。」這使人聯想起富岡鐵齋所畫的遊女長門的畫：無論是女人的臉、手，還是松樹、岩石，都以同樣的線條，粗獷地加以勾勒。那之後的話，攝津未說。但那以後之事，並非技術問題，而是世相的空行。從這個意義上說，芭蕉之所以長久流行而不衰，是因為他教人以如何安置靈

〈化妝〉，創作年代不詳。

魂的步驟。
已是聽爐火聲音的秋寒之夜。

一九三三年（無日期）

既不是歌爾達，也不是瑪麗婭[11]，誰都不是。但實際上要是歌爾達的話，該多好啊。作為我，自然不能去責怪人家對懷異國人的種的種種想法。但儘管如此，難道只是因為非食肉民族所致嗎？難道這樣的時期已經到來了嗎？我為什麼要謙虛，說自己長得不漂亮什麼的呢？

外出購物，這是第一次充滿性的暗示和意味的情事體驗。五月初的風，像法蘭絨料的

7 攝津大掾：全名為竹本攝津大掾，為日本傳統藝能人形淨瑠璃文樂明治期的代表人物，名角。
8 所謂「形」，即外在的形式。
9 所謂「型」，即傳統能樂之本質、靈魂。
10 地聲：即自己說話時的真聲。
11 歌爾達、瑪麗婭均為德國女郎，與夢二關係不詳。

衣服觸碰肌膚的感覺。絳紅色薄絲質地的婦人連身內衣，那些橫線條頗富美感。「哦不，不，那件不如這個。」我說。我害怕看見深色的乳頭，極力推薦這件連身的。

令人不忍上床的良宵。讀的東西、考慮的事情大抵單純，多是不願去想的事；而所為之事也多為犯不上用力而為的事。

•

與其吃，還不如做樣子擺著觀賞的好。

誰的命名呢，忘憂草……

•

準備吃晚餐的一馬克未花完，正好買五十芬尼的香菸。

Unter Den Linden的街頭，有位圓眼睛的女郎，名喚歌爾達。

•

活著真好，能見到世界的一草一木。

榛名山上的酸模菜[12]之哀怨啊（就像我的命運一樣）……

〈草中小憩〉（絹本著色，88.7×32.5cm），大正初期。

12 酸模菜：一種山野菜，屬蓼科，有酸味，可食用，亦有止痛、止血功能，可入藥。

〈美人畫贊〉，昭和初期。

•

春來了，春菜發芽，春來了。

酸模菜到底何時才能發新芽呢？

•

穿越青麥上方的風，常從南邊吹來。「到了你的戀愛季節」，葉看我的臉說。

穿過青麥，從遠方而來。

想到為相逢而來的女子，不僅悲從中來……那志野[13]的遠山啊！

地域爭鬥、民族爭鬥、人種爭鬥、階級爭鬥……所有這些，怕是永無窮日，但先假定有平靜的日子。那麼接下來就是男女之鬥爭，此乃古已有之，從不見有誰把它單拎出來，看作是「鬥爭」。但是，這確是最初的、也是最後的、且往往是大規模的鬥爭。

•

物心分離，漸行漸遠，此為現代文明之「特長」。為五十馬克而工作的女傭，只一門心思想著如何攢錢。其他人也一樣。人生之目的，連知道都不想知道，但不知道就完了嗎？難道這樣就可以了嗎？失業者，只知道按以前分工而習得的給鞋穿孔的技能。連飯都無法吃飽的人，一生只能在黯淡中虛度，因為沒有作為人的修養。但作為人，即使已然成為高尚、出色的存在，倘無法在經濟上自力的話，也同樣徒勞。等待春天綻放的心靈，卻總是放心不下。

•

似乎又有些感冒症候，咳嗽不止，雖早睡早起，卻活力全無。在國外頭一次看見麻雀

13 志野：岐阜縣地名。

繞脊飛翔，但花香鳥語卻難填補空虛羸弱的心境。

•

赴商務館。觀今井的劍道後，一起回其府上。加上其夫人，三人一起觀夫人畫作。果然成就不凡，不禁邊看邊把圖案速寫在本子上。有到國外視察者說：「如果是這種機器的話，十年前日本就有了。已然過時，日本並無可學之處。」「但對這種過時的機器作何種用途，倒是應該看一看。」但要我說，何謂過時，這是什麼時代？馬克思主義是什麼？這難道不是常識嗎？既不是藥，亦不為毒，就跟忠君愛國一樣。

無論任何思想、機器，都不可能盡探世界之所有，總會有些新的、珍貴的東西留下來。對任何的思想、機器，如何利用才能改善我們的生活，即何以使人得幸福，可以說，這是決勝的終點線。難道不是嗎？世界已不復有令人吃驚的物事。

服用阿斯匹靈。出門，外面有些涼意。好容易趕上2路公車，下車後，從寺廟前徒步經過。雖說剛下午三點，但城中的「天使」們已經在站街了。

明天，納契說要去猶太人的店裡做工藝貼紙。猶貨抵制同盟、「不許解雇雇員！」等等。大百貨店不知會如何行動。想到要去的地方，人聲鼎沸的樣子，內心感到恐懼。

・去「波希米亞」（Bohème）吃飯的路上，看到店家的玻璃窗上貼著各種各樣可疑的紙

〈嵐狹之春〉（絹本著色，108.0×41.0cm）。

條。有醫生的名片，也有諸如「Jude」什麼的，有的地方則用油漆把「★」畫在玻璃窗上。而且，幾乎所有新穎別致的店鋪皆如此，連友人家的窗上也貼著紅紙。展覽會自然乏善可陳。

此另當別論，但世界輿論究竟該如何變化呢？

難道這個世界就沒有猶太人的棲身之所嗎？真想看到猶太國的建國。路人在街頭悄然行走，有種詭異陰森的氛圍，簡直比葬禮上的行列還要沉重、死寂。趾高氣揚的納粹青年們，把用鋼盔做的錢囊弄得叮噹作響，顯得孔武勇敢，卻反教人備感寂寞。如此這般，你難道真的能變得幸福嗎？自然，此乃千年懸案。

＊原文沒有注釋。文中所有註腳，均為譯者所加的譯注。特此說明。

〈邪宗渡來〉（絹本著色，166.8×185.2cm），大正七年（1918）。

〈旅之歌〉（絹本著色，166.6×185.5cm），大正七年（1918）。

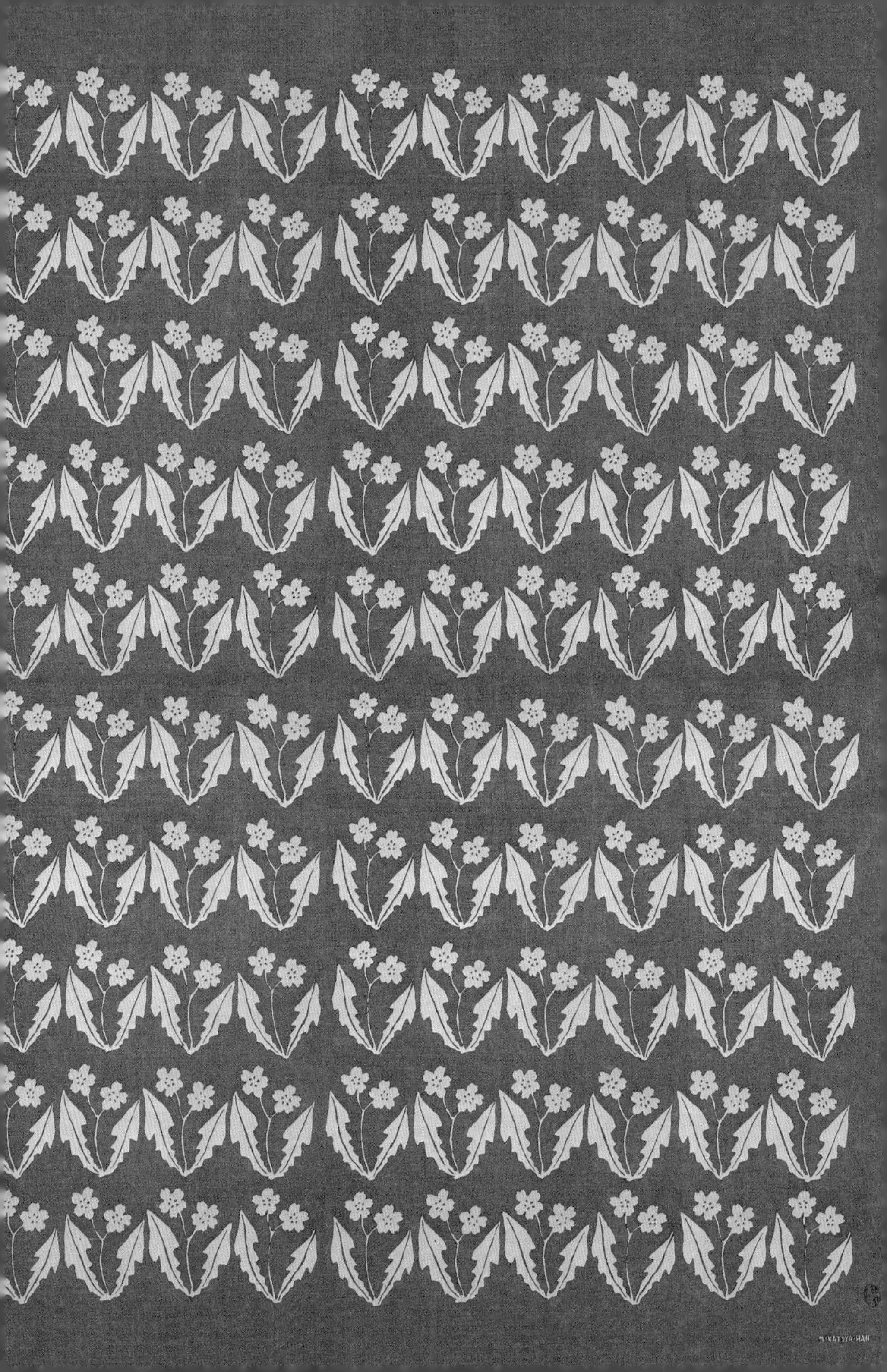

病床遺錄

夢二手記
劉檸　譯

附記

茲附上夢二的手記。讀昔人留下的文字，會明白：直至今日猶能打動人心的很多東西，其實莫過於那些以日常言語綴成的日記、自然而然出口成誦的和歌、俳句和真誠的書簡一類，反倒未必一定是在當時被尊為「正經寫作」的正式文字。好的紀錄，或者那些到達了能稱之為創作之域的文字，恰恰多見諸打破常規之人。如是之說，亦適用於繪畫的世界。竹久君也許不能稱之為「正規」的畫家，但竊以為，就其留下的作品、所做的工作的特色而言，其意義正在於此。君的感覺，君的夢想，是無法僅用「一代奇才」這樣的話來蓋棺論定的。但即使從這個意義上說，我也是為君之死而深感悲傷者之一。

日前，有島生馬君攜君之日記至吾處，云欲公開之。值此，聊綴數語，以緬懷竹久君傳奇的一生。

島崎生　於麻布飯倉

〈寄遠山〉（絹本著色，131.0×132.0cm），昭和六年（1931）。

一九三三年

十一月二十二日

為何竟起了寫日記的念頭呢？在自己的記憶中，近來從沒有過如此心境。今天，在去新宿買柿子和畫紙的電車上，看著上車的男女的醜態，忽然動念要把這些記在日記裡。那個時候，動念要把那些寒磣的面孔畫下來。隨身帶著本子，卻忘記帶鉛筆（因為把洋服換掉了），而未能如願。考慮做一個專題，專門收集寒磣的日本人臉孔。

十二月七日

終於花四圓錢買來了毛毯，夢寐以求的寢床便完全準備停當。好了，嚴寒，你來吧！死神，你來吧！

我不會像某部小說裡的主角那樣，為了冒險和體驗而刻意旅行。好歹簡素地過活，力求把自己變得單純化，以忘掉過去。不消說，真正啟程的那刻，意味著對死亡的跨越。

插畫〈夜車〉（21.8×13.8cm）。

插畫〈車站〉（17.2×12.3cm）。

十二月八日

昨夜，有八度二分的發熱，今晨稍好些。聽到有人在細細詢問飯菜的價錢，說「不要太破費」什麼的，我是頭一次聽到諸如此類的話。繼而，當看到說話者正是跟自己長期生活的兒子的時候，不禁憑生某種寂寥感。原來是四天前的事，我對他說：「你爸我想靜養一下，只是飯的事，你操點心即可。」這是不是讓他有了一種在供養這個已經吃不了幾年飯的老爹的感覺了呢？

昨日，高相君過來的時候，曾兩度聽到劈哩啪啦的聲音。今天才意會過來，原來是我房間裡的兩面玻璃窗各被石頭命中的聲響。緊接著，灌了不少威士忌的不二彥[1]回來了，大聲嚷著：「不行，不行！我說不行，就是不行！」說的是我要把兩只菸灰盒中的一只送給大山的事，而哪一個都不是所用的東西，他只不過是心裡有氣罷了。就是說，任何東西只要一度占有，或者沾了一下手，所有權就轉移至自己，眼裡所見全成了自個的東西，豈有此理。要是由著這種感覺的話，真不知他會做出什麼來。但縱然如此，他何苦

1　不二彥：夢二之子。

〈日本之雨〉（紙本水彩，71.5×36.0cm），昭和七年（1932）。

如此恨我呢？我在內心祈禱，希望向窗玻璃投擲石頭者不是他。

為了買自個吃的東西，賣了幾件小道具，賺得三圓，換回黃油、麵包、乳酪、焙茶。兩人去了銀座。

聽醫生口吻，無論如何都不可以起來工作。不過也確實如此，稍微使勁幹點什麼，那裡就痙攣作痛。拎二十來冊和本[2]回來，左手腕便疼得不得了。

十二月二十七日

以前，一度想過三十七歲可死矣，卻沒想過現在是死期。三十八歲是彥乃走時我的年齡。她說她不想長生，二十五歲死足矣，果然死在了二十五歲的春天。聽她的話，我說我也不想成「不惑男」，不如一起死了算了。她卻說先生還有工作，於是丟下我先走了。也許有過想到「活著真好」的時候，但想不起來了。首先是其後的歲月，淨出入於

2 和本：和式線裝書。

〈去教堂敲鐘的男子〉（16×10cm），大正二年（1913）。

愚蠢而慌亂的男女癡情，真是連想都不願去想。這是一種怎樣的情景啊：女人的面影一張張重疊在一起，與其說沉重，不如說是不堪重負。

但不知什麼時候，竟然連那些事也都忘了。大抵，這段時間不想琢磨事。過去的事，即使琢磨，也琢磨不出個所以然來。看到第一時間寄來的詩歌刊物，才想起世間還有所謂戀歌這種東西。

不僅是戀愛，沒了那些可資誘惑人的東西，連曾幾何時不惜如此狂熱地編織的種種心思，也皆潰於無形了，現在沒有一件工作能讓你傾注熱情——但雖說如此，我並不覺得是好事。只是原有的東西沒有了，令人感到熱度喪失的程度過於激烈、鮮明。我可以徹底睡了。

一九三四年

一月十日

正木[3]到訪。我決定於本週六去信州，或下週六動身。正木問：「有沒有什麼可以商量的人？」我說：「準備問有島君借點錢過去。」「醫院倒不需要錢。如果執意客氣的話，不妨畫些畫好了。」他說。

但儘管如此，出發前也還是需要錢的。估計下週六能成行，同行者是某女性。如果能在醫院裡捱到秋天的話，也許到那時就有點準譜了[4]。也就是這點打算而已。

3 正木：即正木不如丘博士，夢二的友人。夢二於一月十九日赴位於信州富士見的正木任院長的高原療養所，直至去世。

4 此處暗指病得以治癒的可能性。

〈平戶懷古〉，大正八年（1919）。

一月十九日入院。

這是上歲數人的病。病本身就是慢性的，身體則更遲緩有加，連燒都不發。倘是年輕人的話，會來得猛，表現也劇烈。病魔好像慢條斯理的，有些腼腆地駐紮下來；而病人呢，則默許之，一副佯裝不知的樣子。看來得用粗礪的氣候刺激一下病魔才行。

反正我自己是這樣診斷的，我覺得確實如此。

一月二十二日（從此日起係在高原日光療養所所記）

晚飯帶一份年糕豆沙粥（牡丹餅味道、豆泥餡），甚美味。如此，可把從外面叫的飯停了，改要雙份這個。

想起在牡丹屋的二樓時，宮坂每天送牡丹餅的情景。想起來，那叫一個能吃，宮坂君也居然每天早上都能送過來，頗不易。

一月二十三日

為什麼沒有上來就畫山呢？今天能望見八岳山，從窗戶望見的山脈的構圖也差強人意。漸漸地，山與我相交融。在左手邊漸行漸遠的山脊的遠姿，成了這幅構圖的中心。

一月二十四日

採耳血，照肺部X光片。室內晨三十度，夕五十三度。

室外暴風雪。吸入器[5]一直開著。

一月二十八日

想要的越來越少，但卻越來越具體而迫切：想吃牡丹餅。

5　吸入器：一種玻璃製的、可產生水蒸氣的裝置，為肺病患者所使用。

夢二住院的富士見高原療養所。

療養所中庭的鮮花。

從療養所病房的窗子，可以望見八岳山的輪廓。

二月二十三日

「返回自然」、「還我自然」。

ZOT ALO S（畜生！）深度之抽象，抽象之具體化。

「彥乃小姐，你是無法長壽的。」

「嗯，我能活到二十五歲，就夠了。」

「哈哈哈……」大藤大夫邊笑，邊以手撫額說：「這可太有膽識了。那樣的話，我這個醫生可以免職了。」如此這般，被醫生嘲笑了一番。

三月十四日

昨天到今天，發燒，熱度超過七度。一出神，耳朵便會發熱；只消一睡著，就像是去極樂世界的氛圍。這發的可是哪門子的燒啊，這兩天既不工作，亦無擔心。

四月十八日

死期似乎近了。但我是真不喜歡死期這個東西。

一切都結束的時候，到此為止的時候，完全油燈耗盡的時候——這種時候，我覺得已經到來了。

今後，即使有活著的日子，也無所事事，人生了無趣味，完全是虛的。

不用什麼治療，不如死了的好——醫者即便做如是想，卻無能為力，這裡有一種被醫病雙方的默契抹殺的痛楚。無聊的社會制度，奇怪的道德。除了患者毅然決然地尋死，別無他途。

•

把信塞進枕頭底下的聲音，比那個叫做絕對的傢伙君臨時，還令人心重。無論寄自誰，也無論來自哪，無信是最好不過的。

•

最後之物到底如何，是不可言說的。在西洋，恰恰是最初的供品才是重要的，其他均在其次。在國外，所謂「最後之物」云云是不可理喻的。
愚人節之日，女人惦記著什麼，風風火火地趕來。但即便如此，現在想來也不至於讓人非發四十度的高熱不可！

•

閉上眼，嘴角像被什麼東西蹭了下似的，有蠅飛過。
不淨的頭髮似乎被什麼東西擦過似的，原來是蠅飛起。
睜眼，怒目而視：蠅飛過來，繞一圈，復飛走。
瞅著枕邊積壓的大落郵件，心情沉重地合上雙眼。
被人遺忘縱不是快意之事，但拆讀收到的明信片卻總令人備感艱辛。
惟其信是把人與人的心連在一起的東西，才教人徒生麻煩與無奈之感。
即使被人遺忘，亦屬順理成章，權當是為了生命末日的永久告別。
已沒有想見之人，死、生、去、歸原本都是無常。
勉力動一下不知生死、氣力全無的四肢，權且把「貢藥」喝了。

〈野火〉（紙本水彩，26.5×19.0cm），昭和二年（1927）。

四月二十六日

從京都引接寺方面，有問病的食物寄到：酸莖、胡麻和、澤庵漬、漬菜、豆腐皮、竹筍、百合……真可謂琳琅滿目，窮心盡智。

有島寄自京都的明信片。連穿行於油菜花中的藍陽傘也無法勾起人的興味。

•

好了，我究竟該拿自己怎麼辦呢？我不想死。

就算把自己想像成一隻過冬之蠅，也不禁心生恐懼。

無憾亦無愛之蠅，輾轉病榻之上。

為了能得到免於妄想雜念的深睡，抓了藥，徹底服用。

從晚八時到晨六時，真正的深睡。早晨醒來時神清氣爽，復覺人生朝露之美。

昨日洗髮，今日剃鬚，對鏡而視，有種久違的回到自我的滿足感。

忘了是哪一天的夜裡，忽然從睡夢中驚醒。昏沉之中，不知道自己的頭在哪兒，忘了自個是誰。正琢磨的當兒，僕人如臨大敵，飛奔而至。一陣劇烈的咳嗽之後睜開眼，問年輕的僕人，自己為什麼總咳嗽呢？那孩子嘴巧，說老爺咳嗽是為了告訴下人們您已經醒了。

用手一摸，並無僕人，什麼都沒有。手碰到自己的身體，消瘦得只有小腿處多少還算有點弧度；肩膀尖尖的，有如觸摸金屬的感覺。在昏頭脹腦的狀態下，自己的魂魄也不知飛到什麼地方去了。肩披和服，復沉沉睡去。

〈鴨川夜景〉，昭和四年（1929）。

療養所窗外。

五月吉日。

半平[6]的醬湯固值得留戀，但終未跨越久違的中橋[7]。

•

院長說：「樓下大嬸那兒的患者[8]好像有些委靡不振呀。」

殊不知，這位患者委靡久矣。過去，就曾數度委靡。但既然都到這了，乾脆就由他委靡下去罷。

五月十七日

「十一時出發」，有島。

三時，人到了，特意前來探訪問安。單是聽到前來望病，便教人淚水漣漣。

帶來了春服、單衣、和菓子等等。

我不想死。

我不會死的。

•

為何而養生？莫名其妙。

與生俱來的所有東西、連友情都喪失殆盡的今天，原來地上居然還有如此情分。但縱然如此，生又如何？與死為鄰，是沒有催眠藥與青蛙[9]的。

年齡的關係，什麼都覺著沒意思——有島說。有人來約寫小說，壓根就沒想寫，只是拿錢。過去寫小說的那種勁頭不知哪去了。

6 半平：以江戶時代駿河國著名料理人半平的名字命名的日式料理。
7 中橋：京都府地名，架設於大手川之上的橋梁。
8 此處指夢二。
9 青蛙：日文中，青蛙讀作Kaeru，與「歸」同音，常用作雙關語。

無論對工作、朋友，還是人間，我是已經喪失了友情。

真不曉得為什麼而服藥。

•

何時死，尚在未定之天。似乎不自殺便無法收場。

但雖說如此，對連窩都挪不動的病患來說，連死的方法也是少的。

•

在柏林借岡山的星島×百圓，借生馬×百圓，此乃現金借款。

剩下的就是地主的地代[10]了。

•

手頭的現金，就是全部了。醫院和葬禮的事就拜託了。葬禮什麼的，無所謂，燒了做灰吧。在山坡上弄個墓……算了，什麼都不用。

所有的畫，給院長。

燭台，給副院長。

蛇圖案的領帶，給年輕大夫。
居於東京牛込戸山町二十九栗山安兵衛的姊姊松香，是最愛我的人，讓她傷心會很難過。大家都會難過的。要知會的人，只有她。外界還有一人是有島。

•

沒有想見的男人。
女人絕對鬧得慌。
只是，連個想再瞅一眼的人都沒有的話……沒有也罷。
對那些拿了人家的錢[11]而畫卻沒畫成的先生們：抱歉了！

10 地代：即土地租賃費。
11 此處指稿費。

右：〈鳥籠〉，大正中期。
上：〈作夢的女人〉（紙本水彩，11.0×17.0cm），大正後期。

連一層浴衣都嫌沉。

今天手痛稍好些了，去天國的心情有所緩解。

承蒙對跟生馬同來的甲府記者說過抱歉的話的主人公渡邊義三夫婦探望。

有島：形諸語言的話，就像假的似的，但為我們的友情而合掌。

神經仍然很痛，現在似乎過了頂點，有種活著的感覺。

甭管怎麼樣，行光君的事，我不知道，大家都難過。

•

人要是不死的話，病能好嗎？

還活著。但如果神經痛傳到左手的話，就只有死了。

第一次用右手執筆[12]，尚可。繪畫究竟是什麼？

•

六月、七月，漫長的臥病。

「不如歸去，不如歸去……」聽到杜鵑的啼鳴。杜鵑的啼鳴大抵是哀傷的。

（《病床遺錄》至此結束。在夢二其他的日記本中，一九三四年二至三月間，還記有些形似隨筆、心得的短章，一併輯錄並翻譯如下——譯者注）

二月二日

和服的像太陽光似的紅條紋圖案，只光鮮耀眼了一小會兒，馬上就變暗了，太陽橫豎不肯露臉。傍晚下起了雪。

送來了年糕豆沙粥。

啜飲最後一點豆沙粥的時候，家鄉開始下雪。Sadami[13]寄送的室屋的美味點心到了——居然有那麼多。

12 夢二似乎是「左撇子」。

13 夢二的友人。

二月三日

院長過來說話，臉色不錯，突然說：這種程度的病，也許能治。我聽了，並未追問。

那麼，到底是死，還是無法治癒地活著呢？無論怎樣，自己從心情上好像是活著的。

年輕醫生過來，說怎麼連醫院也做這個？說的是驅鬼的符咒：「福進來，鬼出去」，

〈小春〉，大正八年（1919）。

好像剛做完的樣子。現在正值驅鬼的節氣[14]。

不知聽誰說了句「年糕好吃極了」。於是跟炊事員商量，乾脆改做年糕吃得了。

傍晚，發現被子上擱了個紙袋。取下一看，裡面有墨魚乾和豆子[15]。這是在說竹久五十一歲[16]，即我的年齡。五十一是我活過的年歲。

院長說，我不想讓你死，我要讓你活。

我倒不是想死，但覺得死亦無妨。

二月十三日

整宿似睡非睡，作了個夢。

一個是夢見一隻會說話的小鳥，不知何時飛到我的手中。不知名的小鳥，卻能正確回

14 指立春等季節變換之際，撒豆驅鬼招福的民俗。
15 民間把這兩樣東西作驅鬼除厄之用。
16 虛歲。袋子裡可能裝有象徵年齡的五十一粒豆子。

答人的問題：問牠：「你覺得我是誰？」回答：「先生。」但夢中的我似乎不是這會兒在富士見的自己，而是前一段時間的自己。

好像是隻雌鳥。正要為牠做籠子時，睜開了眼睛。

有三段有趣的對話，可醒來就忘記了。

因無聊而重溫了兩遍，著實荒唐。

那麼想吃牡丹餅，可送來的卻是帶餡年糕，在食堂每天都喝豆沙粥，真有些吃不消。吃七塊年糕，外面什麼都不加，如是過了五天；年糕逐漸變成了五

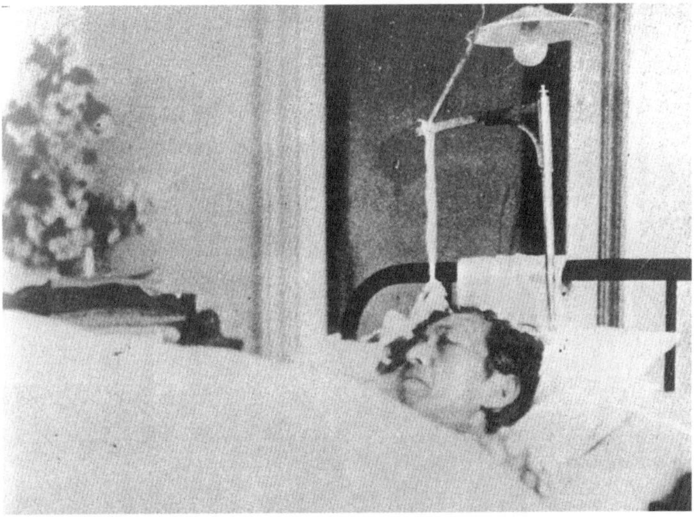

病垂的夢二。

塊、四塊、三塊。現在，連續兩天吃安倍川餅[17]或年糕豆沙粥都有些受不了。好想吃……美味的壽司，四月裡上市的西大寺的鰆魚壽司啊。

我出生的村子，不足百戶。遙想那些人家的模樣，一張張鄰人的面孔，竟成了一種樂趣，有種不像此岸的、令人流連的親切的心境。

倘若病好了的話，就攜松香姐回去為親人安置骨殖。

二月十五日

今天的晚餐是五目飯[18]。這是我原本就希望飯裡帶的東西，所以頗開心。只是對食欲的熱情已大不如前了。

崇山峻嶺的山襞，有淡藍色的積雪。春色尚淺。

•

17 安倍川餅：一種和式點心，以黃米粉和小豆餡製作，靜岡名產。

18 五目飯：即什錦飯，加入魚肉、鮮貝、雞肉、蔬菜等各種食材和醬油等調味料蒸出的米飯。

有人自稱患者，持醫院的回章[19]進屋，說是就安裝呼鈴的問題致院長的請求。

「作為個人的實感，似無必要。」

「難道你不認可其必要性嗎？」

「未感覺到的東西，無法認可。但也不能說是『不認可』。」

作為一個實際問題，也許只是個人感覺未到那一步而已。但有一點：我不喜歡與連認識都不認識的人連署什麼文字，這多少有些不安——僅此而已。

二月十六日

檢查時，院長說：「看來還是要到秋天，怕要在這裡過冬了。」

「然後就可以長生了。」說罷，笑著出去了。

難道會那樣嗎？

19　回章：指醫院裡所有患者輪流瀏覽，瀏覽後簽名的文書。

〈神樂獅子〉（絹本著色，71.7×139.3cm），大正八年（1919）。

・

像打碎的玻璃窗似的閃閃發光的黑眼睛，蓄滿了淚水；張嘴大哭的孩子的臉。像四、五歲的男孩子那樣，是自己嗎？是誰呢？不知道……

二月二十二日

早晨迷迷糊糊之間，朦朧中看見中村萬次郎。過了不到二十分鐘，去小解的時候，有持中村戶次郎的名片者來訪。真覺不可思議，便跟那人聊起來。已七、八年未見，送來坐塾和浜納豆。談往事，不亦悅乎。

三月十四日

曾幾何時，承諾在榛名山的山莊附近，集合一群「良人」，建一個歡樂村，自己也期待能去旅行。關於建築、樣式、地皮等問題，雖然一直沒斷考慮，但不知從何時起，三

〈榛名之雪〉（紙本水彩，61.5×46.5cm），昭和初期。

年長旅之間，有種「良人」也好，歡樂村也好，所有這些統統不是地上該有的東西的念想。這即使對彼時懷有怨心的自己來說，也是頗遺憾的事情。

又見酸模菜，那熟悉的野菜香味，油然想起父親、母親。

拂曉時分，迷糊朦朧之中，依稀往事似夢浮現。

・

嘆氣，深深地長嘆。

榛名湖畔夢二歌碑。

三月二十六日

大約是十一歲左右，高等科一年級第二學期的事。原本排在二十多位，到第二學期時降到一百零一位，一個大班大概有兩百人上下。

雖說當了A組和B組的學級委員，但對一百零一位的排名，卻耿耿於懷，沮喪不已。回家後的豆沙糯米團，無論如何也難以下嚥。

母親說了幾句好了、好了，以後會好的之類的話來安慰我，一個勁地勸我吃豆沙糯米團。

＊原文沒有注釋。文中所有註腳，均為譯者所加的譯注。特此說明。

夢二的藝術

攝影
繪畫
裝幀設計

●攝影作品

夢二是日本最早的攝影家之一。

他萬喜

彈三味線的他萬喜

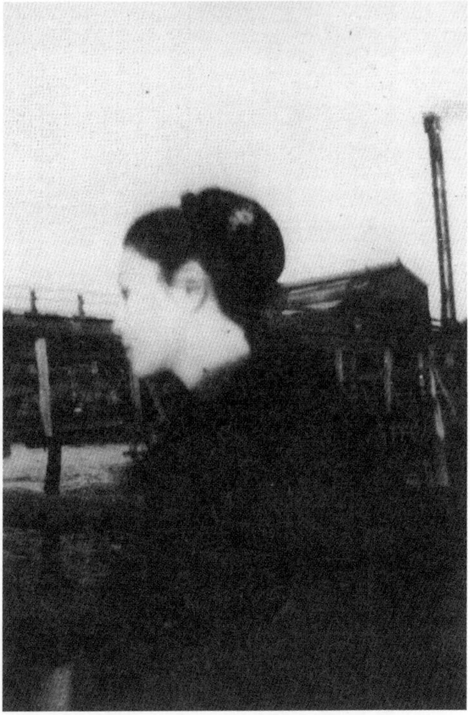

彥乃。

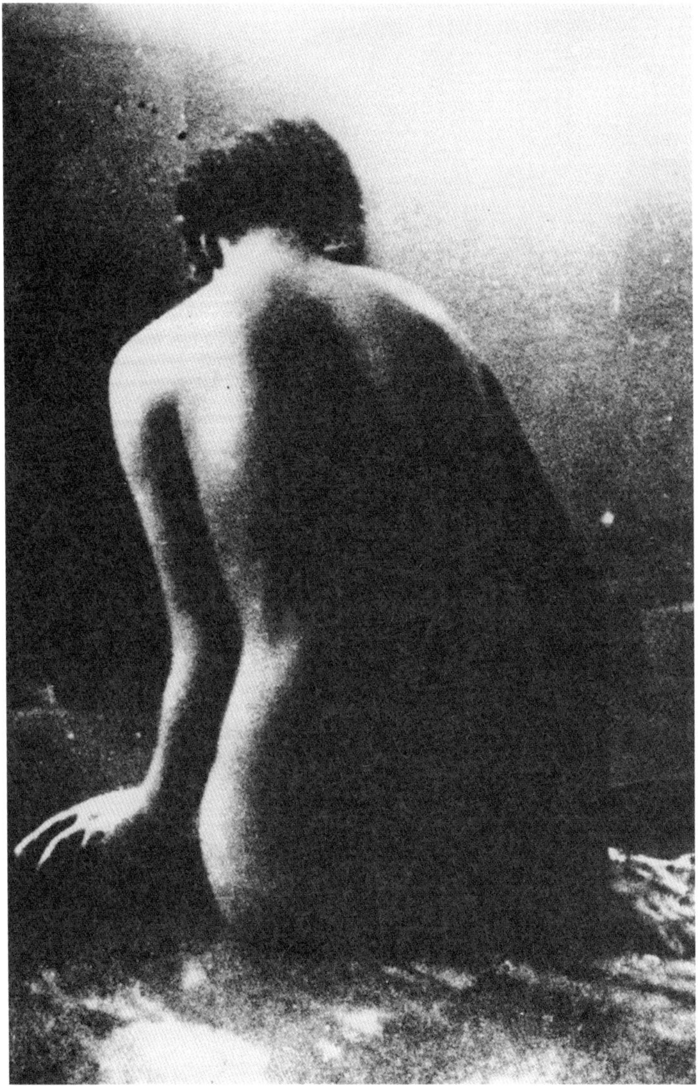

葉。

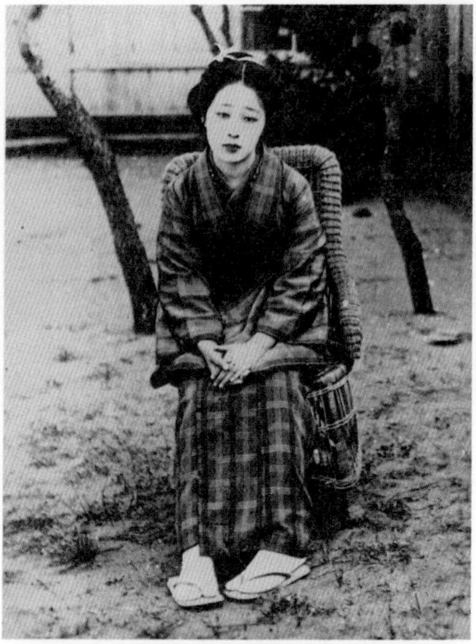

葉。

葉。

葉於本鄉菊富士的旅館。

葉。

● 繪畫作品

〈室之津懷古〉（絹本著色，113.0×41.0cm），明治四十三年（1910）。

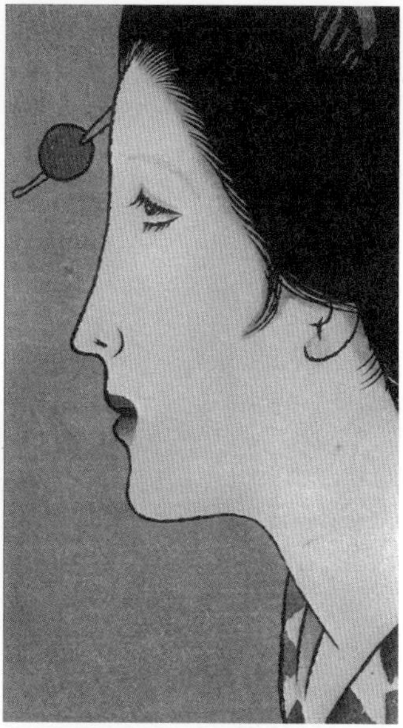

〈夏姿女人〉，創作年代不詳。

〈切支丹波天連渡來之圖〉（絹本著色，112.0×39.0cm），大正三年（1914）。

〈室之津〉（絹本著色，114.0×40.0cm），大正六年（1917）。

〈雪夜之傳說〉，大正十五年（1926）。

〈御祭佐七〉，大正中期。

〈寶船〉，大正三、四年左右；或大正九年。

〈治兵衛〉，大正三～四年（1914-15）。

〈閃爍的水〉（紙本水彩，24.0×32.0cm），
明治四十三年（1910）。

〈加茂川〉（絹本著色，111.0×43.0cm），
大正前期。

〈長崎十二景：放風箏〉（紙本水彩，36.0×27.0cm），大正九年（1920）。

〈長崎十二景：眼鏡橋〉（紙本水彩，36.0×27.0cm），大正九年（1920）。

〈長崎十二景：放河燈〉（紙本水彩，36.0×27.0cm），大正九年（1920）。

〈長崎十二景：藍色的酒〉（紙本水彩，36.0×27.0cm），大正九年（1920）。

〈長崎十二景：浦上天主堂〉（紙本水彩，36.0×27.0cm），大正九年（1920）。

〈長崎十二景：梳妝檯〉（紙本水彩，36.0×27.0cm），大正九年（1920）。

〈長崎十二景：鴉片窟〉（紙本水彩，36.0×27.0cm），大正九年（1920）。

〈長崎十二景：繫領帶〉（紙本水彩，36.0×27.0cm），大正九年（1920）。

〈長崎十二景：丘之青樓〉（紙本水彩，36.0×27.0cm），大正九年（1920）。

〈長崎十二景：出島〉（紙本水彩，36.0×27.0cm），大正九年（1920）。

〈長崎十二景：仙人掌之花〉（紙本水彩，36.0×27.0cm），大正九年（1920）。

〈長崎十二景：十字架〉（紙本水彩，36.0×27.0cm），大正九年（1920）。

〈女十題：晨光〉（紙本水彩，39.0×29.0cm），大正十年（1921）。

〈女十題：舞姬〉（紙本水彩，39.0×29.0cm），大正十年（1921）。

〈女十題：三味線堀〉（紙本水彩，39.0×29.0cm），大正十年（1921）。

〈女十題：黑貓〉（紙本水彩，39.0×29.0cm），大正十年（1921）。

〈女十題：木場之女〉（紙本水彩，39.0×29.0cm），大正十年（1921）。

〈女十題：紅梅〉（紙本水彩，39.0×29.0cm），大正十年（1921）。

〈女十題：產衣〉（紙本水彩，39.0×29.0cm），大正十年（1921）。

〈女十題：逢狀〉（紙本水彩，39.0×29.0cm），大正十年（1921）。

〈女十題：北方之冬〉（紙本水彩，39.0×29.0cm），大正十年（1921）。

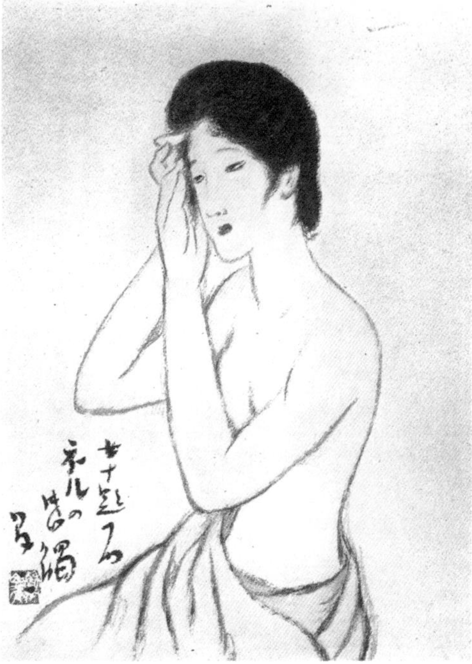

〈女十題：輕紗的感觸〉（紙本水彩，39.0×29.0cm），大正十年（1921）。

〈金剛石批發屋之夏〉（絹本著色，117.0×40.0cm），大正三年（1914）。

右上：〈女人的四季：春〉（紙本水彩，43.0×27.5cm），昭和三年（1928）。
左上：〈女人的四季：夏〉（紙本水彩，43.0×27.5cm），昭和三年（1928）。
右下：〈女人的四季：秋〉（紙本水彩，43.0×27.5cm），昭和三年（1928）。
左下：〈女人的四季：冬〉（紙本水彩，43.0×27.5cm），昭和三年（1928）。

右：〈和歌之浦〉（大正中期）。左：〈九連環〉，大正七年（1918）。

夢二

〈一力〉（絹本著色，168.8×350.4cm），大正四年（1915）。

〈秋〉（部分）（絹本著色，109.0×42.0cm），大正中期。

〈江戶吳服橋之圖〉（紙本著色，118.0×118.0cm），大正三年（1914）。

〈逢狀〉（絹本著色，
57.2×14.8cm），大正中期。

右：〈螢火蟲〉（絹本著色，128.0×42.0cm），大正十一年（1922）。
左：〈白木蓮與少女〉（132.0×29.4cm），創作年代不詳。

〈舞姬〉，昭和四年（1929）。

〈開山人之家〉（紙本水彩，47.5×30.2cm），明治四十一年（1908）。

〈內儀〉
（57.1×14.8cm），
創作年代不詳。

〈炬燵〉（絹本著色，168.9×349.8cm），大正四年（1915）。

〈與其春，不如秋〉
（絹本著色，139.0×35.5cm），
大正中期。

〈忘團扇〉，大正十一年（1922）。

右：〈翻日曆牌的姊妹〉，明治末期。左：〈福子〉（絹本著色，57.0×39.9cm），明治四十三年（1910）。

〈舞姬〉（紙本著色，150.0×60.0cm），大正七年（1918）。

〈立田姬〉（紙本著色，121.2×97.5），昭和六年（1931）

右：〈南枝早春〉（絹本著色，128.3×35.7cm），昭和三年（1928）。

左：〈立春大吉〉（絹本著色，128.1×35.8cm），昭和三年（1928）。

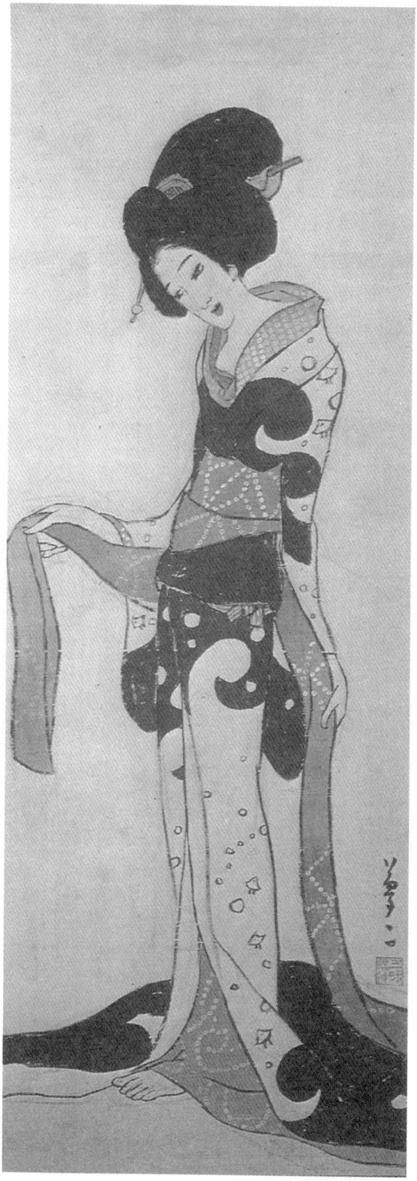

〈更衣〉（絹本著色，140.0×50.0cm），
大正初期。

〈時雨的炬燵〉，大正八年（1919）。

〈山之茶亭〉（絹本著色，74.6x25.4cm）大正十一年（1922）。

右：〈蜻蜓〉，明治四十四年（1911）。
上：〈黑貓〉（紙本水彩，24.3×27.1cm），大正十一年（1922）。

〈壺屋之夏〉（絹本著色，122.0×32.0cm），大正初期。

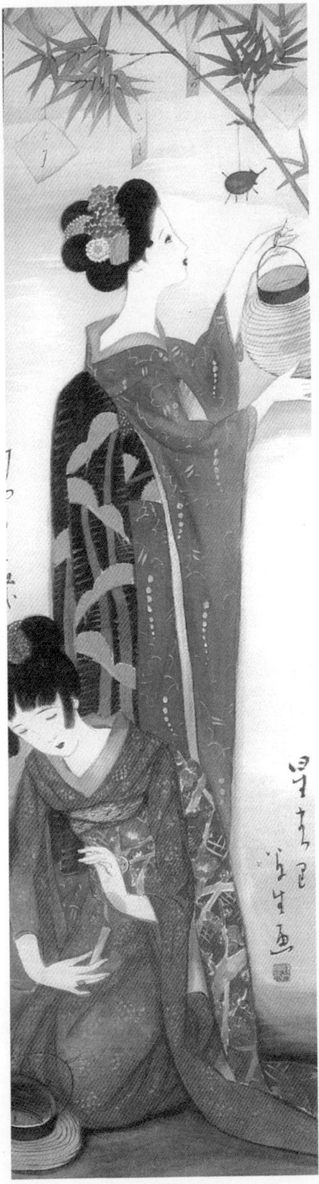

右：〈五月之朝〉，昭和七年（1932）。
左：〈星祭〉（絹本著色，127.0×42.0cm），昭和五年（1930）。

右：〈夢占〉（昭和初期）。左：〈舞扇〉（大正後期）。

〈咖啡之女櫻〉，大正十一年（1922）。

〈秋憩〉（大正中期）。

〈小春〉（31.8×12.8cm），創作年代不詳。

〈一座的化形〉（女角），大正五年（1916）。

〈戲繪〉（男角），大正後期。

〈稻荷詣〉（絹本著色，137.0×88.0cm），大正中期。

右：〈醍醐之居〉（大正中期）。
左：〈聖女〉（選自《婦人俱樂部》插畫），大正十三年（1924）。

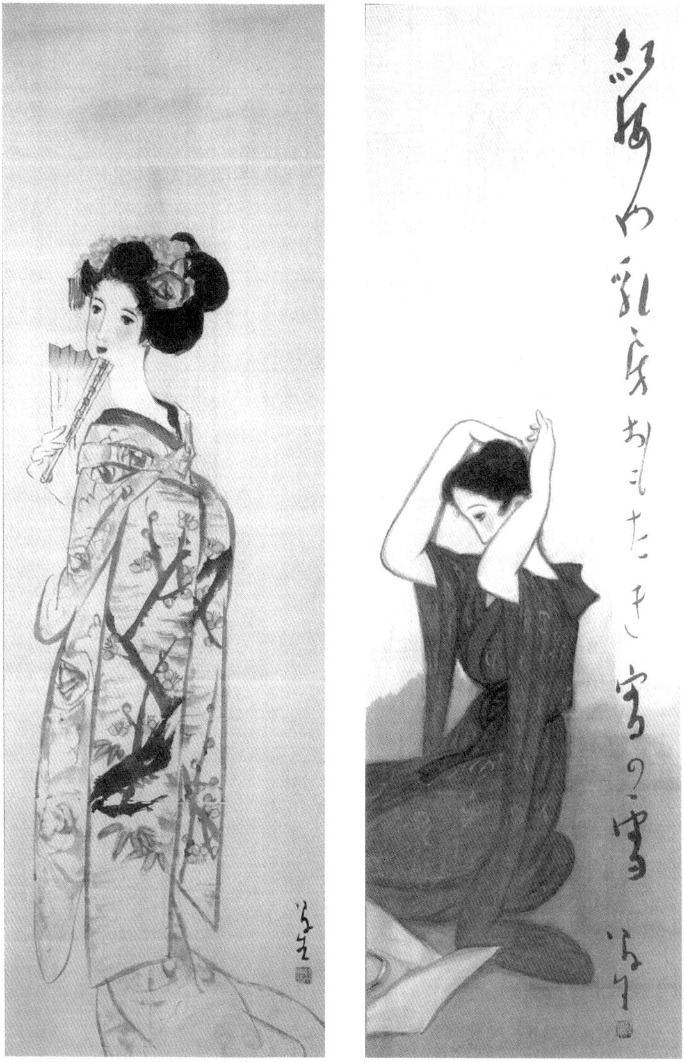

右：〈紅梅〉（昭和初期）。左：〈扇〉（創作年代不詳）。

〈空等歸人〉，昭和三～五年。

右：〈哭泣的黑子小姐〉，大正後期。
左：〈海之女〉，選自《夢二故鄉畫集》，明治四十三年（1910）。

〈海邊少女〉，大正十～十一年（1921-22）。

〈櫛的記憶〉（雙幅，紙本著色，124.0×28.2cm），大正中期。

〈雪之暮〉，明治四十四年（1911）。

〈街上的陽光〉，明治四十三年（1910）。

〈故鄉之秋〉，明治四十二年（1909）。

〈賀茂的家〉，明治三十四年（1901）。

〈豬苗代之秋〉（絹本著色，108.7×41.2cm）。

〈有河的風景〉（大正前期）。

早期油畫〈破碎的水車小屋〉（Broken Mill and Broken Heart）（紙面水彩，47.0×51.0cm），明治四十一年（1908）。

〈柳津風景〉（絹本著色，142.0×41.0cm），
昭和五年（1930）。

〈入船之圖〉（創作年代不詳）。

〈倒下的馬〉，大正初期。

〈得度之日〉（版畫，32.4×18.8cm），明治四十五年（1912）。

〈落日〉（絹本著色，129.0×33.7cm），大正中期（1908）。

上：〈青春譜〉（布面油畫，45.0×45.0cm），
昭和五年（1930）。
左下：根據〈青春譜〉改編的手繪明信片。

〈薄野〉（大正後期）。

〈富士登山〉（紙本水彩，16.4×10.2cm），
明治四十二年（1909）。

〈舞蹈之國〉（紙本水彩，21.0×13.9cm），大正十年（1921）。

上：〈無題〉，選自《夢二抒情畫選集》，昭和二年（192
左：〈童子〉（絹本著色，69.0×56.0cm），大正初期。

〈母女〉（影繪）（13.9×21.5cm）。

選自《夢二抒情畫選集》。

〈岬〉（燒版畫），創作年代不詳。

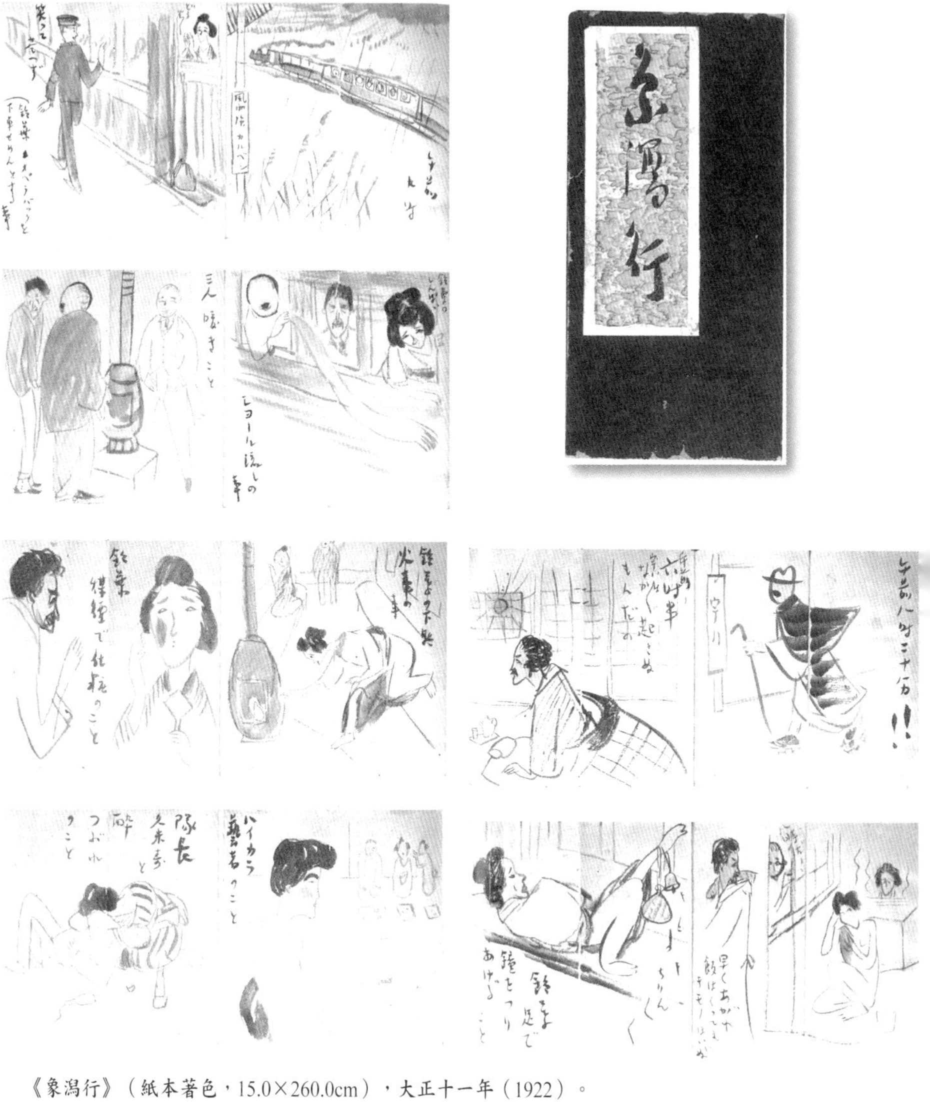

《象潟行》（紙本著色，15.0×260.0cm），大正十一年（1922）。

夢二速寫：〈搖籃〉。

夢二速寫。

夢二速寫。

月見草の君
港より
都の友へ
帽子の中から電車の切符が出て来た。どこいつかの夜上野から帰りに、君と分けた半分だ。
あゝ、東京へ行きたい。

夢二漫畫。

裝幀設計

夢二為巖谷小波的著作設計的書封

夢二抒情畫展覽會海報

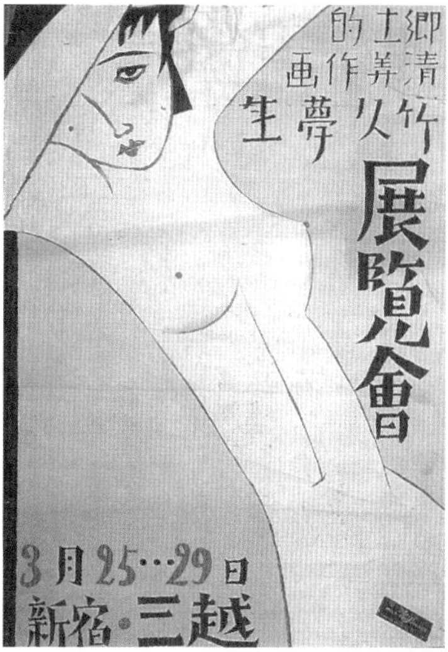

展覽會海報。

右上：樂譜封面，創作年代不詳。右下：樂譜封面，創作年代不詳。

左上：樂譜封面：〈海之歌〉，創作年代不詳。左下：夢二裝幀本。

樂譜封面：〈海邊的告別〉，大正十三年（1924）。

夢二設計的書封。

夢二設計的書封。

《金色夜叉》封面。

《三味線草帙》封面。

樂譜封面，創作年代不詳。

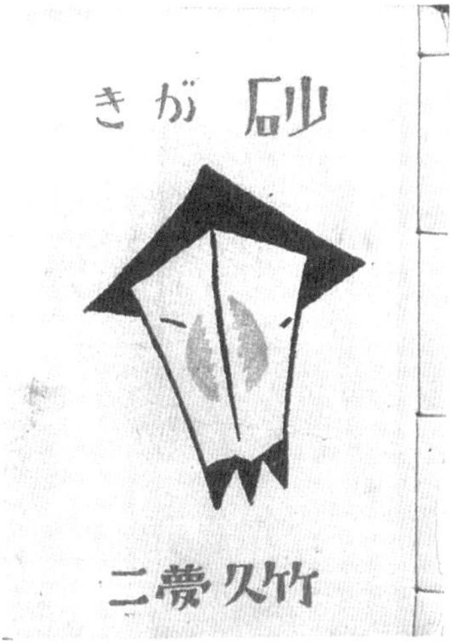

夢二詩集。

夢二設計的松茸圖案（大正前期）。

右上：樂譜封面：《庭之千草》，大正九年（1920）。
右下：樂譜封面：《夕照》，大正九年（1920）。

樂譜封面：《歌鶯》，大正六年（1917）。

樂譜封面：《船歌》，大正五年（1916）。

樂譜封面：《斯瓦尼河之歌》，大正九年（1920）。

樂譜封面：《夢草》，大正十年（1921）。

樂譜封面：《羅曼司》，
大正六年（1917）。

樂譜封面：《天鵝》，
大正十五年（1926）。

樂譜封面：《以白色的手》，
大正十年（1921）。

樂譜封面：《有精氣神的鍛冶匠》，
大正十三年（1924）。

樂譜封面：《肯塔基州老家》，大正十三年（1924）。

憶夢二

岸他萬喜手記
劉檸　譯

初識・鶴屋

對夢二的回憶已成了遙遠的過去。我儘量追憶，權且記下一些陳舊的記憶。我二十四歲時，成了未亡人。公公看我年紀尚輕，讓我再婚。我仗著母親在哥哥家，便進了京[1]。

作為死去的畫家丈夫的遺孀，我無論如何要獨立把孤子撫養成人的願望好歹被接受，在早稻田的鶴卷町開了一爿賣彩繪明信片的小店，取名「鶴屋」。時值明治三十八、九年，正是日俄戰爭之後、日支建立邦交之初，早稻田有一千五百名支那留學生，大隈先生[2]尚健在，早稻田的人氣如日中天。十月一日甫一開張，便人氣騰升，客人烏泱烏泱[3]的，作為一介連貨都不知道打哪兒進的鄉下出身的大小姐，我可真抓了瞎。傍晚關了店門，覺得反正周圍淨是學生，竟連個夜用手電筒都不預備，就攜帶一天所賣的錢，外出採購。如此，每天進的貨通通售罄，居然成了新潮的流行店。開業第五天，來了一位從未見過的留長髮的異樣青年，問我：「有沒有雁治郎[4]的彩繪明信片？」我告訴他：「沒有歌舞伎演員的明信片。」他又問：「那有沒有藝伎的呢？」我說：「也沒有。」他又問道：「那你究竟賣些什麼貨色呢？」我說：「無非是些圖案和風景明信片而已。」他說：「淨那些東西，怎麼能做成生意呢？這樣吧，我給你畫些早慶戰的明信片，你來賣吧。」於是，他開始為我每天畫起了棒球賽的速寫。店前也豎起了一塊很大的看板，看上去好歹像個店鋪的樣子了。早稻田隊大勝之際，鶴卷町好一派凱旋時的歡騰景象：吉岡將軍揮舞隊旗，大家一邊高聲齊唱〈都之西北〉[5]，邊唱邊行進，好不熱鬧。以此事為契機，我總算知道了到哪去批發，弄一些放大照片啊，藝伎、歌舞伎名角的彩繪明信片啊什麼的，被灌輸了一些時髦的物事。小店有了些人氣，就少不了年輕人上門來求愛、求婚，居然還有支那的貴族留學生要送我一枚戒指，真夠為難的。夢二也算是其中之一吧，上來便通過我的兄嫂求婚，而且是攜帶戶籍謄本的正兒八經的求婚。可是，我和母親都覺得對方年齡比我小，並不贊成。不過姊姊覺得店裡的事情，好歹該有個人幫忙出主意，對夢二頗滿意，並從中撮合。一次次的信箋也令人感到有

1 指東京。下同。
2 大隈重信（Ohkuma Shigenobu, 1838-1922）：明治時期政治家，佐賀藩士出身。歷任大藏卿、參議、外相、首相等職。立憲改進黨黨首。力主開設國會。作為黑田清隆內閣的外相，推動改正與西方列強的不平等條約。一八九八年，與自由黨合併為憲政黨，與板垣退助一起組閣（隈板內閣）。一九一四年，第二次組閣時，適逢一戰爆發，日本決定參戰，並向中國提出「二十一條」。在野時代，一八八二年，創設東京專門學校（即早稻田大學的前身）。
3 編注：形容數量很多。
4 關西代代相傳的歌舞伎名角，初代為中村雁治郎（1860-1935）。下文中所指的應該是中村雁治郎。
5 早稻田大學校歌。

些害怕而未敢拆讀，後來整理的時候，才頭一次拆封。拆開一看，覺得這婚還真得結——就這樣在心裡決定了。當時夢二在神樂坂的胡同下宮比町一帶，借宿於一位金姓工頭的家裡，主人的兒子是造幣廠的工匠。夢二住在二樓的有六張榻榻米的房間，房間裡除了一張一閑張[6]的小桌几，便沒有其他器物了。無論別人怎麼想，我倆拚命學習，決心以丹青畫筆立身名世。

我們的朋友有相馬御風、遠藤德松等人，那時他們都還是學生。彼時夢二擔任《早稻田文學》的姊妹誌《少年文庫》的編輯。我們一結婚，頭一站就跑到島村抱月[7]先生家報喜，在門口碰見了當時還很年輕的、正在讀書的中山晉平氏。沒多久，夢二進了《讀賣新聞》。因能畫能文，拿十五塊月薪。而大學畢業者如小川未明先生，才拿十三塊錢，連一把剪刀都買不起。我記得有一次他來借剪刀，然後說了句「你的畫好夢幻呀」，就走了。當時從上野到不忍池一帶，都是東京勸業博覽會的會場，為了乘坐滑撬板的方便，便搬到了距離該設施比較近的初音町。夢二自從得到報社的一筆獎勵後，每天早晚都要坐滑撬板玩。隔壁住著一個修屋頂的匠人，太太名叫阿仙，好像原來在向島的植半待過，風姿綽約。當時正流行刺青，晚上很多年輕人來店，總是拖到很晚才回家。我因害怕，便叫阿仙來陪我。見附近學生家裡的小狗跟我很親近，夢二便疑心我趁他不在時跟學生一起玩耍，於是把家搬到了日暮里花見寺的婦產院的二樓，一間黑咕隆咚的屋子。院長叫吉澤女士，是一位著洋裝、以腳踏車代步的時髦婦人。可那間房子過於不便，乃至去洗澡的話，亦須乘電車到下穀才行。那個時期，日向夫人還穿著紫色的洋服，帶著女傭，乘一等車淨往神田一帶的相模苑跑。

後來，我們搬到雜司穀的清土，是遠藤先生家對面的一間新蓋的房子，與一名叫中野中根的報社的朋友成了夥伴。可他後來跟社裡一個主任吵翻了，一氣之下把報社辭了，成了浪人，說是要進修什麼的，頗煩惱了一陣子。因我身懷六甲，朋友們便找

女裝的夢二與他萬喜。

6 一閑張：一種紙胎的漆器，是日本的傳統工藝，常用於茶道。傳說是江戶時代著名漆匠飛來一閑的創造，故得名。

7 島村抱月（Hogetsu Shimamura, 1871-1918）：小說家，評論家，新劇作家。本名瀧太郎，島根縣人。畢業於早稻田大學文學部。早稻田大學教授。

我合計，在江戶川河沿的竹嶋町一帶租了套房子，與四五位朋友一塊合住，以助夢二習畫，支撐我們的生活。夢二這才去了「太平洋畫會」學畫。那些朋友有三井物產的遠藤先生、名叫植竹的黑磯出身的老實巴交[8]的青年、曾山之作君和壁君等。起初時，那人還很高興。逐漸便妒嫉橫生，用火筷子捅我，在我的大肚子上放塊木板，然後坐在木板上等等，混折騰起來。大家為我好，便安慰我，給我幫忙。不習

夢二設計的「港屋」開業大吉招待請柬。

慣下廚的我做飯時，眾人也來幫廚。清理燈罩之類的活，我自己一次也沒幹過。就這樣，二月二十八日，我平安產下長子，起名為「虹之助」，大家高高興興地為我慶祝。今天的國會議員助川敬四郎等人，真的是非常好的朋友。那一年，剛好是井伊大老[9]遇刺的「櫻田門事件」五十周年祭，江戶川畔櫻花怒放，大雪居然積了有尺把厚，重得把樹枝都壓折了。

「早稻田喲，好地方。朝向目白[10]，魔風戀風[11]輕拂面……」當時，正如那首流行歌所唱的那樣，是女大學生吸引眾人眼球的時期。既然大家當初是出於希望和睦，為了夢二的創作才動議合住，結果卻反而「破壞了你們的和睦」的話，便很無趣——合住計畫告終結。我們又在早稻田大學的後面租了間小屋，把家搬了過去。宮崎與平把剛從鄉下一路踏來的草鞋脫下來，就是在這個家裡。手裡一點錢都沒有，我把大衣當了，換了六十塊錢，好歹做了頓蕎麥麵招待人家。大分縣人士佐藤

8 編注：形容人規矩、謹慎貌。

9 井伊直弼（Naosuke Ii, 1815-1960）：幕末的大名，近江彥根藩第十五代藩主。作為江戶幕末的大老，主導簽署《日美修好通商條約》，力主推進日本的開國和近代化，並借助手中的強權鎮壓反對勢力。後遭反對保守勢力反撲。一八六〇年三月二十四日，於江戶城櫻田門外（即今東京都千代田區）被暗殺，即「櫻田門事件」。

10 與早稻田大學隔一個山坡，山坡之上是目白，日本女子大學就在目白台。

11 一九〇三年，作家小杉天外發表了大膽表現女大學生生活方式的戀愛小說《魔風戀風》，風靡一時，遂在大學生中開始流行這首《魔風戀風之歌》。

氏也來京投奔，暫時在寒舍做了幾天「玄關氏」[12]，我們被人當成了立世晉身的梯子。窮畫家易被鄉下人慕虛名，其家則成了落腳之地。當然這也難以為繼，不久便又搬到了「鶴屋」的二樓——在親子三口之家當寄宿客終究長不了。初夏，我們去了趟竹久雙親的住地——九州的枝光。枝光的生活過於忙碌，對藝術家來說不是一個踏實的所在，夢二便隻身回京，借宿在位於江戶川橋橋頭的基督徒仲藤氏家的二樓。在這裡，夢二頭一次與屬靈的人成了朋友，諸如甲府的大資產家新海氏，早稻田的學生信者等。環境良好的時候，夢二成了一個非常清純的人。聽到這種福音，我信以為真，便帶著虹之助回京了。可沒多久，他又跟一位街坊的太太，一位名叫日吉的財主夫人成了朋友，復變成神經兮兮的人，拿著畫筆，說走就走了。那時，他們住在「第六天」[13]的素人下宿屋[14]。旅行持續了大

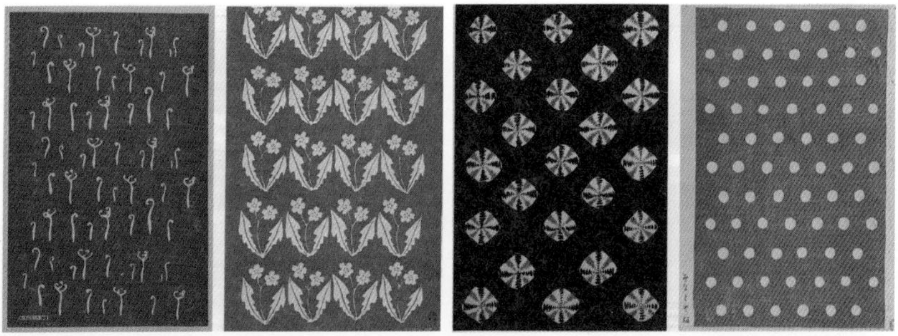

夢二設計的「港屋」包裝紙。

約三個月的樣子，方向並不明確。時近歲暮，轉眼已是準備冬衣的時候，事先也沒有任何知會，他又垂頭喪氣地回來了——僅帶回了隨身的兩分銅錢。沒法子，我只好去了趟母親那兒，把僅剩的和服之類的器物換成錢，帶過去的全金屬日本刀護手等東西讓姊姊拿到當鋪當掉，好歹湊了二十三塊錢。然後在中里町租了一套樓下四帖[15]半一間、二樓四帖兩間的房子，再次把家搬了過去。沒有電燈，每晚點一支蠟燭，權當燈泡。夜晚，若是來了朋友的話，須秉燭送至樓梯下面，否則人就無法進出家門。當時，佐藤綠葉、小川未明等剛從學校畢業未久。正月裡有江戶川廟會，每天兩分錢的麵包乾是家常便飯。初八，書店名字忘記了，總之是一本音樂書的裝幀，有了八塊錢的進項。他說去取錢，卻一去不歸。深夜十二時許，才回來。衣袋裡揣著壽司和兩瓶牛乳，還給我買了一支護膚霜。我問：「錢呢？」他說剛好從劇場前經過，順便進去看了場戲；然後在壽司店小酌了一頓，錢就沒了，說著塞給我花一毛二買半張擀平了的年糕，回來做了一鍋雜煮，就算把節過了。那段時間，每

12 意為睡在客廳裡的寄宿客。
13 即第六天神社，為祭祀第六天魔王而建立的神社，分布於日本全國各地。
14 由普通民家開辦的、非營利性的下宿屋。
15 帖為和式房間面積計算單位，一帖為一張榻榻米大小。

五毛錢。我真是欲哭無淚。結果，到正月十六，連被子都送進了當鋪，好歹挺了過去。

過了正月，到母親年初十六號來的時候，真正是山窮水盡——什麼都光了。她先給了我一塊肥皂，讓我去錢湯洗個澡。在我泡澡的時候，她購齊了米、醬油、鹽等全套物資。晚餐時，烹製了久違的燉魚，總算吃了一頓像樣的晚飯。

離婚・崛內氏・京都畫展

又過了一段時間，大約是二月或三月的樣子，枝光的父親大人要來東京觀光，順便會來家裡催債。夢二說（其父）要待上四、五天的時間，看到他這樣的生活肯定不行，打算讓我回老家去。可哥哥說，如果不把帶來的衣物[16]悉數交給他的話，概不負責。於是，我和孩子先被領回了枝光。而且，事情似乎已經決定好了：白天，孩子送到姊姊家，或者妹妹嫁過去的家裡，只有夜裡由我來抱著睡。如此，讓孩子適應一段時間，待他能吃牛乳之後，我再一個人回東京。我用偽造的印章辦理

16 指嫁妝等。

〈爭吵之後〉（紙本水彩，25.0×19.0cm），明治四十四年（1911）。

了離婚手續。

週六，我宣布「明日回京」。然後，整個晚上，狂走不止，遍尋枝光小鎮，發現了一處小小的基督教講義所，立馬奔了進去。這成了我信主的線索。接待者說，需要參加儀式，讓我進京後接受洗禮，順手交給我一紙介紹信。一回東京，我便在神田三崎町的浸禮教會，經吉川牧師之手受了洗。過了不久，恰逢牧師新舊交替，其混亂不堪的狀況，令人感到竟然與人間社會相彷彿。我覺得有點傻，便不再去教會了。好不容易為了自立而做起來的「鶴屋」，也交給了哥哥。沒有資本，思來想去，覺得開一家洗衣店似比較合適，但仍苦於資本問題，一籌莫展。於是決心做幼稚園的保母，並進了神田橋和強學堂裡面的「東京府立保母傳習所」學習。每天白天去岸邊先生的東洋幼稚園（牛込時代），四點去學堂傳習所。住在位於小川町的小夾道裡租來的四帖半房子裡，專心學習。早上八點就要去納戶町，夜裡回來已是十點。

夢二與他萬喜登富士山時致渡邊英一的手繪明信片。

彼時不同於今天，還沒有電車，縱然是很陡的坡道，也是穿著木屐，卷起褲腿，疾步走過。我常與前輩、畢業於橫濱菲莉斯女子學院的井上姊在一起。不知怎麼搞的，我竟被眾人選為主任，負起了責任來。某天早晨，恍然夢到初婚時在富山的孩子他爺爺，內心覺得有些詫異，當下去信問候，得到回信說「人患重病，情況危篤」，但「見信很高興」，並寫了回信。我接著回信說自己馬上回富山，將擔負起孩子的教育問題。對方卻再覆信說：「那倒不必，這裡不用擔心」，並勸我再婚，得到幸福。至此，我才頭一次從富山的束縛中解放出來，得以踏踏實實地專注於幼稚園工作上的精進。

後又把家搬到比較順路的招魂社後面的一處叫倉島的宅子。一對老夫婦，有個漂亮的獨生女，叫不二子——我住在他們樓上。一個星期天，隔壁房間來了一位青年。大大出乎我意料的是，來人竟是蓄長髮的夢二。雙方都吃驚不小，不禁感嘆於緣分的不可思議。他逼我再婚：「與其做職業婦女，不如回去當孩兒他媽。」誰讓我是老好人呢，居然未加拒斥，明明已經「畢業」了，結果又回到原來的夢二老婆，回九州去接寄養在那裡的孩子。孩子已經忘了我，跟我親不起來，於是讓婆婆送了回來。然後全家舉遷至麴町山元町，在洛陽堂附近覓得一處居所。神近[17]也是

17 神近市子（Ichiko Kamichika, 1888-1981）：新聞記者、作家、政治家。長崎縣出生，畢業於女子英學塾。早年曾與大杉榮戀愛。一九一六年，因大杉移情別戀，神近於葉山日蔭茶屋刺傷大杉（即「日蔭茶屋事件」），服刑兩年。出獄後，辦雜誌（《女人藝術》、《婦人文藝》等），寫評論。戰後連續六次當選社會黨議員。

那個時候作為「玄關氏」兼幫傭來到我家，儼然成了大家庭。倉島時代，恩地氏[18]頭一次來訪。在那兒，我還見過武者小路實篤等人。山元町時期，我還見過浜本[19]、堀內、宮竹、萬代、香山，女性則有活水[20]系的淵逸子、坂本荒瀨牧師夫人的妹妹愛女士及渡邊蔦先生現在的太太齋藤夫人。

與堀內氏的相識是在那之前的事。與夢二離婚後，倆人一塊逃到御殿場，在二枚橋教會對面的酒屋過了整個夏天。我們與一行登富士山的基督徒一塊兒創作登山速寫的時候，跟同志社中學的可愛的清先生[21]成了朋友。後來又有了浜木、

〈宵待草〉詩與畫（紙本水彩，20.9×18.0cm），大正九年（1920）。

守屋姊（「婦人矯風會」的守屋東氏等基督徒朋友。彼時，洛陽堂開始推出夢二的畫集，《春》、《夏》、《秋》、《冬》各卷及《櫻花綻放的國度》、《Zondag》等陸續付梓。神近氏從廚房起步，拚命苦學，終於如願以償進入女子英學塾，從而奠定了後來發展的基礎。一年多之後，待有了資助她讀書的人，她才搬出去。

我們則在銚子海岸度過了一個夏天。在海獺島，夢二又有了新歡島子小姐。因東海道的水患，直到九月底都無法回家，只好暫且回京，在小石川林町覓得一處旅社。雇了個照看小孩的小姑娘，臉蛋宛如一個紅蘋果。雖然是個挺不賴的落腳處，可房間裡居然進了偷兒，便沒了情趣，遂轉移至江戶川東五軒町。那房子以前是照相館，從玄關能直接上到二樓的畫室，畫室特大。有時，年輕畫家們悄沒聲地上來，隨手抄走畫具，沒少挨我的訓斥。那時，若山牧水、福永挽歌、安成、土岐等還都是學生。

18 恩地孝四郎（Onchi Koushiro, 1891-1955）：版畫家、書籍裝幀家、攝影家、詩人。出生於東京，畢業於東京美術學校西洋畫科。早年與竹久夢二過從甚密，是日本畫壇抽象繪畫的開創者。

19 浜本浩（Hamamoto Hiroshi, 1890-1959）：新聞記者，小說家。據說曾受過岸他萬喜的誘惑。

20 指活水女學校。一八七九年，由美國傳教士伊莉莎白·拉塞爾（Elizabeth Russell）於長崎創立的、日本最早的女子學校。

21 即堀內清。

彼時，守屋姊頻頻出入我家，渡邊英一先生也常從龜原散步時順便過來看我們。而我剛生了不二彥。因為我們的戶籍已分開，連給孩子起名之事夢二也未與我商量，一個人就定了，說是落在枝光父母的戶口上什麼的。「不二彥」這個名字，我是從竹久爺爺的來信中才頭一次知道。我想，這八成是為了新愛「小蜜」——島子小姐的所為吧。與許對跟島子小姐的空想般的戀愛遊戲有些膩了吧，那人開始對吉原[22]「角海老」[23]的一位名喚小式部的花魁深度沉迷，家裡凡是入眼的東西統統給拿走了。

在這種混亂不堪的生活狀態下，連給產婆的禮金都成了問題。無奈之下，六號晚上，我乘車去當鋪才湊了點錢。很快連這種生活也難以為繼，只好搬到大森。此前跟洛陽堂講好每月匯十四塊錢，以此又撐起一個家。夢二則隻身搬到當時最時尚的公寓上野俱樂部，我們開始分居。那裡是木結構公寓，夢二身邊的那些新人們自然很高興。大森當時是非常安靜的別墅區，物價很高，除了辦事情之外，幾乎無法

宵待草開花的吉井河畔。宵待草是夢二的愛情之花。

在外面走動，是布爾喬亞住宅區。窮困如我者，當然也無法與人交往。不二彥從小體弱，始終離不開山下病院。雖說不是需專門雇人看護的重病，可生活費卻居高不下。加上洛陽堂的匯款只到了約定的一半，且每每為了取錢都要背著病兒，親自跑過去一趟，哪怕晚十點以後也不得不如此，否則就拿不到錢。老公缺席的人家的禮拜天，守屋姊會與堀內氏做伴，休息一天。宮武辰夫氏時而來寫生，他彈得一手好三味線，給了我莫大安慰。作為「回報」，我為他做模特——炎炎盛夏，關窗閉戶擺Pose可不是件好玩的事。

到初秋，這種勉為其難的生活實在是過不下去了。剛好，「鶴屋」的嫂子過來。於是，照她的主意，把家門鎖好，去上野俱樂部找夢二，走時只帶了手邊幾樣東西，把門窗通通釘死。待風急火火地趕過去，令人添堵的是，嫂子回去後，他手裡攥著一張支票，說是去換點錢來，便出去了。誰成想，人家這一去竟三宿不歸。只是在他走的那天早上，俱樂部的女掌櫃好心賞了我們娘幾個一頓早點，後來便靠

22 江戶時代于江戶城郊外開闢的歡樂街，集中了大量幕府公認的遊女屋、娼寮。位於現東京都台東區千束四丁目一帶。戰後至今，仍有一部分風俗營業設施集中於此，但作為花街，則已式微。

23 本店位於吉原的一家歷史悠久的娼寮。

僅有的一點零錢，讓孩子和小阿姨吃了碗俱樂部下面的藪蕎麥[24]，好歹捱了一天。第三天，連坐電車的錢都沒有了，只好搭乘到早稻田一帶的便車，小阿姨、兩個孩子和我四個人去了喜久井町的母親那兒──「鶴屋」的一爿小分店。實在沒法子，我只好暫且在店掌櫃的二人小家裡勉強落腳。

大森那邊的家交給好心人和母親回去代為打理，搬運行李。我決定嘗試做販書的買賣，並在對面的胡同裡租了分別有四帖半一間和兩帖一間的家。好不容易收拾停當、有點頭緒的時候，夢二突然現身。時已十月，又是傍晚，那人只穿了件白地碎黑花的單衣，鞠躬賠不是道：「對不住，請再救俺一次。」於是，白天在家裡貓著，晚上則穿著八丈[25]肥棉襖[26]出去解手，去錢湯，一個勁兒地說對自個厭惡透頂什麼的。

一天晚上，他突然對我說：「恐怕還得勞你再受一遍累。俺準備出趟洋，孩子拜託你照看三年。」遂找我哥哥商量，並借了五十塊錢，準備辦畫展。承蒙京都的堀內氏關照，還是湯淺半月氏任圖書館長的時代，在京都市立圖書館舉辦了第一回個展。新聞發布會的時候，因夢二的小個展，致大批擁躉乘機動車而至，魚貫進出喜久井町的小小蝸居，著實讓街坊四鄰吃驚不小。堀內先生、美校生恩地先生和田中恭吉先生等紛紛去京都捧場，我哥哥則作為會計赴京都。開幕兩三天，有電報打來，報告展會現場提燈列隊慶祝等盛況。可從第四天起，突然就沒人來了。我心裡犯嘀咕：「這下可糟了，又要砸鍋了。」果不其然，畫展收攤，引發物議。十日前後，眾人散夥，哥哥也打道回府。

事實上，費了老大的勁好不容易籌措的出洋川資，夢二並未轉交給作為會計的哥哥，而哥哥也只是勉強取回了那五十元借款而已。其時島村抱月正也因松井須磨子的事件[27]而離家出走，秋天逗留在京都。沒法子，既然跟了藝術家，活該自己倒楣——在斷念的同時，我決計過我自己的第二生活。

正月臨近，正準備過年之時——應該是臘月三十吧，我想——子時的降雪之夜，從門外傳來說話的聲音：「老爺，就是這兒了，上頭還寫著『竹久』的名字哩。」一出門一看，夢二站在雪地裡，讓車夫拎著行李。先問過大家的安否，然後進得家門，帶了兩件大行李。我想他鞍馬勞頓，一定累了，就先讓他睡下，話以後慢

24 蕎麥麵的老字號，其最早的東京神田店創立於一八八〇年。
25 一種產自伊豆八丈島的條紋或格子圖案的絹。
26 指日本女人冬天背孩子時穿的一種連孩子一起包裹起來的大棉外套。
27 指一九一三年，時任早稻田大學文科教授、與坪內逍遙一道成立文藝協會的島村抱月，與新劇女演員、歌手松井須磨子陷入不倫之愛，後被迫退出文藝協會的事件。一九一八年，島村患西班牙流感急逝。兩個月後，松井在自殺，追隨島村而去。

慢聊。不成想，夜裡他突然坐起來，說「俺這種人，實在是不著調」，並請求我的寬恕。說他前段時間在京都，耶誕節去和平教堂，聽了木村清松先生一席話，深有感觸。「先生說如果覺得錯了，就要即刻改過，後悔的人請站出來」，「結果俺當即便信了主，所以才匆匆回東京來了」。我問他還剩多少錢，他說還剩十五塊左右。我說：「怎麼就剩下這幾個錢呢？」他說看了春戲，還要看大相撲的春季場所角力，所以淨剩這些了。「俺真是沒用的人」，說著就哭起來。結果，我自己也被弄哭了。

翌日，解開行李，裡面淨是些玩具、短外褂、帶子什麼的，給了我一大堆丸帶[28]、衣物和細繩之類的，足有二反[29]之多。後來也不知弄到什麼地方去了，轉眼就沒影了。

小產・茶屋事件・分道

明治四十五年，改元「大正」。

大正二年，我們搬到了源兵衛（戶塚町）。那一帶，住著中澤（弘光）先生、東儀（鐵笛）等眾多藝術家，夢二似乎感覺不錯，頗為中意，一住一年半——對他來說算是長的。由於持續不斷的操勞，我身子很弱，那年秋天，因懷了五個月的孩子小產而導致貧血，臥床不起。夢二說去接醫生來，遂拿著存摺出了家門，這一去便是一月不歸。

他與德田秋江氏一道去東北賞雪，十二月底才回來。回來後，說是要帶我出去玩，結果就在除夕的前一天結伴出發，在向島的「太陽閣」用午餐，品嘗言問團子[30]，乘竹屋渡[31]到山谷森林，傍晚再到「仲」店。在「由日巴」，與半玉[32]玩樂，登大文字山[33]。他自己命名為「紫」，假託是一名出生於名古屋的遊女，我被分配的角色是扮演一名叫「染之助」的江戶少爺。暮色四合，店頭裝飾著足有五六尺的大羽毛毽[34]拍子，用金線縫製的大紅色的積夜具[35]有尺把厚，真令人好生羨慕。

28 女性和服上使用的寬幅筒狀帶子，用整幅布製成。

29 反為日本傳統布匹大小計量單位，一反為二十尺。

30 向島的一種傳統小吃的百年老店，創立於江戶時代末期。類似湯圓，糯米外皮，有豆沙、白餡和味增三種餡，為竹久夢二生前大愛。

31 隅田川上的著名擺渡船的名稱，是連接三谷堀到向島三圍神社之間的水上交通工具。

32 指尚未獨立的藝伎或雛妓。

33 即京都府京都市的如意嶽。於盂蘭盆節的夜晚，在山上用火把連成一個「大」字，以送死者的亡靈到彼岸，是京都的四大行事之一。

34 日本民間有新年打羽毛毽遊戲的文化，據云可驅邪。

35 江戶時代的遊樂場所常把熟客贈與游女的新棉被當裝飾置於店頭，越多越厚越好，以示生意的繁盛。

〈祈禱〉，模特兒為他萬喜（50.9×34.2cm），創作年代不詳。

玩得實在累了，凌晨二時許，才乘車回家。回來一看，外出時寄來了一張明信片，說維納斯俱樂部（彼時位於神田三崎町一帶的、常開展覽會的會館）有個化裝舞會，我們當即決定參加。剛脫下的和服又重新穿上，然後整晚用來練習女僕的做派，借來假髮套，裝著香菸盒，完全是一副幹練瀟脫的女掌櫃架勢。可是，扮演邂逅劇中外國青年的堀內先生卻遲遲不出現，於是我便一個人往外走，出去後才碰見他。

既然出來了，我就跟堀內說乾脆不去化裝舞會了，剛好是歲末，不如帶我到出版夢二畫集的出版社洛陽堂去取稿酬吧。結果，好不容易領取了半額稿酬。回到家來，見夢二已經先到家了，正四仰八叉地躺在炕桌邊上慪氣呢。見我回來，便開始盤問我跟堀內到哪兒去了，我很吃驚。而且說我取回的稿費太少，讓我馬上再回去取一趟，態度很生硬。大年除夕，根本打不到人力車，我只好在家門外捱了一宿等到天明，敷衍他說去過了，但對方說沒錢。

正月裡，見到了守屋姊等人，好不熱鬧。初五約好為畫會的事共赴岡山，卻不見了她的蹤影。費了好大勁在料理屋找到人，總算把會給開了。地點在公會堂，還結識了幾位當地的名士，諸如星島義兵衛、大藤醫師等。國會議員星島二郎先生當時還是高中生。倉敷教我們唱〈女工哀歌〉。給守屋姊的半切畫[36]、服部氏（龍太郎）所藏的小屏風等就是夢二在那個時候的作品，特別是小屏風，是彼時開風氣之先的作品。岡山是夢二的故鄉，待祭祖掃墓之後，赴大阪的時候，他已經累到腰腿都無法支撐站立的程度。在大阪觀文樂[37]、遊道頓堀[38]的時候，因為一個人全無法行走，只能在女傭的照料下，強撐起身體，勉為其難。富士屋正上演雁治郎主演的名劇《河莊》[39]，但見八千代（彼時的名妓）等人坐在鋪了紅毛毯的座席上觀劇，一片豔治，煞是漂亮。

到了京都，宿於「柊屋」，那房子的下部結構已破爛不堪。女傭領我們進了玄關一側的小房間，結過住宿費，我們便去了祇園。待我們十時許歸來後，房間已調整，我們被迎入一個大開間，牆上掛著皇室的御筆真跡，一看就是個高間，地板上還擺了一盆白木蓮的插花。原本錢袋

〈祈禱〉（28.5×17.8cm），大正時期。

就「輕」，加上有些莫名的擔心，竟難以成眠。好歹捱過一宿，女掌櫃文子女士前來賠不是，說昨是亡兒一周年的忌日，去掃墓不在店中，招待不周，有失禮數云云。一聊才知道，昨日為忌辰的公子，非常崇拜夢二，特辟有「先生的房間」，遂領我們參觀。真是不看不知道，一看嚇一跳：夢二的作品，大小無論，多有收藏。

「請看一下這個日記，很希望它能問世」，那位母親說。我們抱著見主人的心情看了孩子的日記，並鄭重帶了回去。原來是年紀輕輕便「舞鶴情死」[40]的不幸的孩子。說是權當對孩子的供奉，我們被大大招待了一番，借這借那的，住了一周之久。

夢二擱下我，自己泡在先門町。初午[41]之日，打來電話喊我過去。我到了伏見的稻荷神社，夢二說在清水寺求的簽「大不吉」，遂馬上離開。途中在名古屋匆匆辦了個畫會，便回京了。五月，搬到龜原（雜司谷）。初夏，赴那須旅行。期間，

36 指整張紙裁成兩半的畫。
37 日本民間木偶戲。
38 大阪市中心的繁華商業街。
39 雁治郎家族的保留劇目。
40 原文為「舞鶴心中」，是近松秋江於一九四八年出版的同名小說。「心中」，在日文中是情死（殉情）的意思。
41 按日本民俗，係二月的頭一個午日。稻荷神社也在這天舉行廟會。

為單獨留守的Chiko[42]（次子不二彥）雇了一位老保姆，送孩子進了女子大學的幼稚園。旅行途中，我因懷了三個月的胎兒小產，只好留在旅社，夢二隻身赴福島。沒想到，他八月末回到東京以後，突然說在京都已有相約的女人，交給我一紙離婚協議。既如此，我當自立謀生，於是在日本橋的吳服橋通，開了一爿小店，算是個半襟專門店吧——此即「港屋」。

可是後來，新娘子的話卻迄無下文，夢二又闖進「港屋」，開始賣起形形色色的作品來，起初的約束也就泡了湯。而這時，笠井小姐出現了，並跟我走得很近。出於對「第二夫人彥乃女」和頻頻來店的青年的妒忌，他說自己對龜原鞭長莫及，乾脆把住處搬到了附近的千代田町。小店雖然頗受歡迎，但有很多不如意之處，卻也一籌莫展。他疑心當時為我彌補缺貨問題的一名十八九歲的少年東鄉青兒氏與我的關係，聽了些人云亦云的傳言，不顧正在關西旅行，便把我叫到他下榻的富山旅次，他還喊了一位從美國歸國的友人。他說自己在那兒為已經約好的畫展做準備，因工作的原因回京時，從笠井小姐處聽到了一些話，使他很惱火。於是，便打電報把我中途招來。

他在下榻的旅社周邊的海岸，大聲斥責我，整整一宿，用短刀在我面前揮來揮去，我的臉被劃了一道五寸長的口子，有血滲出。綯綢的衣服被雨水打濕後，纏在腿上，根本邁不開步子。可一坐下的話，那人便拽我的頭髮扽我起來，乃至頭髮被成把拽掉，有好幾處銅錢大小的禿斑。那人使勁欺負了我一通之後，興許是出了惡氣，天光也開始泛白，便回到旅館的溫泉場。這時，旅店的人正打著提燈準備出去尋人。眾人看到渾身是血的我，大吃一驚，把我帶到別的房間，讓我先休息一下。可夢二一再窺伺室內的動靜，一邊逼我「交代」。

到了午後，他態度仍很強硬：「只要我心裡過得去就成，你要賠不是！」我照他的意思說了，他卻突然暴怒起來，揮動短刀刺向我的左臂。這一刀扎得深，直通到骨，刀竟不脫落。我用手帕綁住傷口止血，被叫來看熱鬧的熟人慌忙打電話喊人。夢二和熟人誰都沒有來拔刀，我自己給拔了下來。友人使勁摁著夢二的頭讓他給我道歉。夢二似乎也冷靜了下來，用布纏在頭上，一口氣連著畫了一百五十幅畫作，兩天時間便完成了畫會的全部作品。

畫會由當地名士水上峰太郎、前代大黑屋主人吉田長衛門等十數人出面捧場，盛況空前。他並未聽從人們讓他靜養的建議，逕自帶我回京，去醫院的時候，也安排人陪我。大正四年，「港屋」轉到夢二的名下。由笠井小姐接手，我退出，搬到

42 原文為「チコ」。

高田的家。而這個家，此時也已成了Chiko和老保姆的法定權利，我自己連戶籍都不被承認——這是我最艱難的時期。因我以前與女性朋友也多有交往，遂帶著不二彥逃到了守屋姊家附近的千馱谷一帶——此乃大正五年的事。

夢二，他萬喜筆下的「那個人」，兩人之間始終愛恨糾葛。

在那裡，我生了第三個兒子[43]，是二月的事。夢二說「不是我的孩子」，並未馬上過來探望。接著，為了讓Chiko進久留島氏的幼稚園，又遷至代代木，這才算多少踏實下來。時至初夏，景氣開始好轉，夢二與笠井小姐在伊達跡[44]（澀谷）共築愛巢。Chiko也被帶過去，「港屋」也遷了過去。而原來的舊店址，成了一間命名為「憩」的咖啡館。後笠井小姐請求我，把已然失去愛的夢二讓給她。我說，如果能為孩子負責的話，可以——於是，就這樣決定了。至此，夢二與我完全分道揚鑣。然而，「憩」咖啡的生活似乎並不安定。有次我回伊達跡的時候，恰逢神近[45]與大杉[46]及日蔭的「茶屋事件」事起，夢二擔心同樣的事體會惹上身，便匆匆拾掇行李逃到京都避難，從而開始了他的京都時代。人走後的攤子，多虧了守屋姊等幫著照應：第三個孩子送人撫養，「憩」被就地處分、轉讓，剩下Chiko一個孩子，也託朋友送到京都——我與夢二就到此了。

日益意識到死的問題，我被守屋姊拉進「矯風會」，後竟被委任負起新設立的「婦人之家」的責任，於大正八年退了下來。從那以後，作為一介無倚無靠之身，過著無望的日子，以了此殘生。

我對夢二的回憶也就到此為止了。

注：原文沒有注釋。文中所有註腳，均為譯者所加的譯注。特此說明。

43 即草一。後過繼給河合武雄做養子，改名河合榮二郎，歌舞伎演員。太平洋戰爭時於新幾內亞陣亡。
44 亦稱伊達坂，位於澀谷區惠比壽，附近有舊華族伊達家族的宅邸。大正初年，一帶成為畫家村。
45 即神近市子。
46 即大杉榮。

愛與詩的「逆旅」

（跋）

二〇〇八年深秋的一天，在錢糧胡同三十二號，《新京報》書評週刊的編輯召集書評作者開會，推薦年度圖書。說是「開會」，但文人的會嘛，就那麼回事，大家三三兩兩各聊各的。記得我端著咖啡杯，一直在跟止庵先生聊天。聊了會兒，京城文化名人老六（《讀庫》主編張立憲）現身，斜背著書包，照例帶著一臉的誠懇。不知怎麼搞的，話頭就扯到了竹久夢二上。我這才知道，原來止庵先生也是夢二迷。老六技癢，當即約稿——於是便有了產生這本小書的由頭。

我識竹久夢二頗早，而且路徑不同於旁人。國人中知曉夢二者，多源自魯迅、周作人、豐子愷、葉靈鳳。而我不是。二十多年前，人在東京，雖然手中完全沒銀子，卻愛逛書店，新舊書店都逛。彼時特喜歡讀畫冊、攝影集之類的「大書」，我應該是在賣那類書的地方最早發現了夢二。因為這個名字有特點，所以過目不忘。我肯定不止一次在書店裡長時間翻閱夢二的畫冊，但彼時購書的預算委實有限，基本上只能鎖定舊書店成摞擱在門外台子上的百圓貨（一百日圓一冊），且須嚴格限定數量。到底何時擁有第一本夢二畫冊忘記了，反正我後來有了，且不止一本。總之，我是先知道夢二之後，才了解魯、周、豐、葉等中國文人跟他的瓜葛的。

後來，看了很多日本的老畫報，戰前昭和初期，甚至大正年代的。拋開內容不談，就風格、形式而言，令人本能地聯想起上個世紀二、三〇年代上海灘的老畫報，諸如《良友》、《時髦》等。再後來，我才知道，上海灘的那些畫報，其實與日本大正年間的一些少女雜誌、婦人畫報有著直接的借鑒或承襲關係；而公認日本少女漫畫的開創者，正是竹久夢二。

我個人素來喜歡這一類藝術家：他們未必是顯赫於藝術史的鼎鼎大名者，但其藝術風格獨特，且經歷傳奇、豐富，有種有料，屬於「人生即藝術」式的藝術家。從這個意義上說，沒有什麼人比夢二的人生更像藝術的了。按我的理解，藝術家可分兩類：一是像齊白石、張大千、畢卡索、巴爾蒂斯那樣，壽長，創作生命也長，藝術生涯分若干時期，每個時期都有一個創作高峰；二是像莫迪里亞尼、勞特雷克、蘭波、竹久夢二那樣，人生和藝術紛然雜糅，渾然一體，你中有我，我中有你。無論藝術，還是人生，都是濃縮的、迸發的、轉瞬即逝的。凡此兩種藝術家，完全沒有是非高下之分，什麼人就是什麼人，什麼樣的人有什麼樣的藝術。夢二作為東洋藝術家，具有濃郁的詩人氣質，敏感、易碎、善妒，揮霍才華就像揮霍生命

（反之亦然），以「知天命」之年，匆匆走完了生命之旅。乃至其藝術都來不及細分，一古腦地噴湧而出，像極了日本的櫻花，「嘩」地怒放，煙霞滿天；然後訇然墜地，隨春雨化作絢爛的雲泥。「夫天地者，萬物之逆旅；光陰者，百代之過客。」逝者如斯，浮生若夢，作為愛與詩的旅人的夢二有福了。

直到寫作本書時，我才知道，夢二居然跟我是同一個生日（九月十六日）。這有如神助般的巧合，讓我的心靈更加接近了這位東洋藝術家。我深知對處女座藝術家來說，藝術意味著什麼。作為同是處女座、早年也曾有過藝術理想的老藝青，夢二的人生、藝術之「逆旅」，讓我雖不能至，心嚮往之。

感謝止庵先生的點撥，沒有他的建議，本書就無從談起。感謝老六，因了《讀庫》的平台，竹久夢二的名字才開始在中國文青、藝青的心中廣為傳播。感謝三聯書店的朴實小姐，她的美編設計不僅為本書增色，而且讓我再次領略了日本設計之美的精髓（朴小姐曾留學日本，師從某書籍裝幀大師）。尤其感謝新星出版社的瓦當先生，這位詩人、小說家編輯對出版有著超乎尋常的熱忱，其突發奇想的創意，每每令人疲於追趕，卻耳目一新。我想，正因為有這樣的專業人士，出版業才有可能成為一種志業。而若沒有日本摯友及川淳子小姐無私地幫我在鄰國的舊書網上代購書籍及深夜的MSN「翻譯講座」，兩篇夢二遺墨的翻譯是難以想像的，因為明治、大正年間的日文表達和詩人特有的古雅風韻，幾乎是無法傳達的。在此一併致謝。

當我最後改完這篇跋文的時候，二〇一〇年春節的爆竹聲漸次退去。對過去的一年，我心存感念；對新的一年，我隱隱企盼。人生如夢，孤獨是宿命。但惟其如此，我願在竹久夢二所描繪的愛與詩的時光逆旅中久久回溯，樂不知返。

二〇一〇年二月二十一日

於京城望京西園

補記

二〇一〇年夏天，一個偶然的機會，我結識了來京訪學的日本金澤市二十一世紀美術館的策展人高橋律子小姐。她是研究竹久夢二的專家，今年出版了根據博士論文改編的學術專著《竹久夢二——作為社會現象的「夢二式」》。與高橋小姐有限的交流，再次加深了我對夢二其人及其藝術的理解。尤其是得知通過高橋小姐的牽線搭橋，拙著得以作為海外評介竹久夢二的最初的著作，被金澤湯涌的夢二館正式收藏的消息，令筆者在感到榮光的同時，覺得自己微不足道的研究居然能以如此直接而鄭重的形式跟夢二發生某種聯繫，沒有比這更令人快慰的事了。

拙文〈竹久夢二：寂寞的鄉愁詩人〉於《讀庫》（0603號）發表後，承蒙台灣《印刻文學生活誌》（二〇一〇年三月號）予以轉載，這成了這本小書的由頭。後印刻的老總初安民先生親赴北京與我協商，遂成全了本書「落地」台灣。

台灣之行是竹久夢二生前最後一次海外行旅。據日本學者西恭子女士的最新研究[1]，從一九三三年十月二十六日至十一月七日，在不足二十天的短暫勾留期間，夢二舉辦了作品個展；做了至少兩場演講（主題分別為「納粹德國藝術的衰亡」及

「東西方女性觀」）；還在《台灣日日新報》發表了兩篇文章，從台灣印象，談到台灣女性的服裝、藝術潮流，兼論及後藤新平[2]的台灣殖民政策，緊湊的日程內容不可謂不濃密。西女士認為：正由於夢二晚年的滯留歐洲和訪台，得以親眼目睹了納粹希特勒的獨裁和日本的殖民統治。這種對特殊歷史時期的「現場」切身體驗，蘊含了重要而豐富的歷史意味。

只可惜，天不假年，夢二還未來得及把這種人生體驗轉化為藝術，便匆匆謝幕了。對這位行色匆匆的旅人來說，台灣是最後的驛站——這也是筆者對這本台灣版夢二評傳期待的理由之所在。儘管姍姍來遲，但冥冥中，彷彿一切都安排好了似的。

二〇一〇年十一月六日於北京

1 見西恭子論文《昭和八年的竹久夢二訪台——根據《台灣日日新報》的新資料》（載《女子美術大學研究紀要》第三十號，二〇〇〇年版）。

2 後藤新平（Shinpei Goto, 1857-1929），醫師、官僚、政治家，曾先後出任台灣總督府民政長官、滿鐵初任總裁、東京市長、內政大臣、外務大臣等要職。

竹久夢二年譜

明治十七年（一八八四）

九月十六日　出生於岡山縣東南部的邑久郡本庄村（現邑久町佐井田），為父菊藏（三十二歲）、母也須能（二十八歲）的次子，本名為竹久茂次郎（Takehisa Mojiro）。出生前一年，兄長夭折，夢二為事實上的長子。姊松香（Matsuka）七歲。夢二生家雖擁有不少土地，但卻世代從事釀酒業。夢二出生時，已停止釀造，而專事酒的行銷買賣。

明治十九年（一八八六）（二歲）

執筆繪馬，此乃夢二染指丹青之初。

明治二十三年（一八九〇）（六歲）

十月五日　妹榮（Sakae）出生。

明治二十四年（一八九一）（七歲）

四月　入本庄村明德小學校，啟蒙。

明治二十七年（一八九四）（十歲）

十二月二十五日　姊松香（十七歲）嫁入西大寺商人伊原常吉家。（夢二傷心不已，其用小刀刻寫的竹久松香的名字至今仍留在生家的柱子上。對夢二來說，年長六歲的姊姊是生命中最重要的人，如此摯愛，終生未渝。）

明治二十八年（一八九五）（十一歲）

四月　入岡山縣邑久町邑久高等小學校。

明治三十二年（一八九九）（十五歲）

四月　投奔在神戶經營米屋的叔父竹久才五郎，入神戶中學校。

六月　姊松香（二十二歲）與伊原常吉協議離婚，從西大寺回娘家。

十二月　從神戶中學校退學，回岡山老家。

明治三十三年（一九〇〇）（十六歲）

二月　夢二一家從岡山遷居至福岡縣遠賀郡的八幡村。夢二短暫進入製鐵所，做繪圖筆工。

明治三十四年（一九〇一）（十七歲）

夏　離開八幡進京苦學，並開始以速寫等向《讀賣新聞》投稿。

明治三十五年（一九〇二）（十八歲）

九月　進早稻田實業學校。初做人力車夫。後被第一銀行董事土岐看中，作為書生寄宿牛込區市谷仲之町的土岐宅。

十月　姊松香（二十五歲）與文屋堪輔再婚。

明治三十七年（一九〇四）（二十歲）

三月二十二日　祖父市藏去世（七十八歲）。

明治三十八年（一九〇五）（二十一歲）

三月　早稻田實業學校三年制本科畢業。

四月　入早稻田實業學校專攻科。

六月　在《讀賣新聞》「日曜日文壇」欄目刊發〈可愛的朋友〉一文，平生第一次看到自己文字變成印刷活字。同時，在友人荒畑寒村的斡旋下，開始為平民社機關刊物《直言》畫插畫。這一時期，夢二與平民社同志岡榮次郎、荒畑寒村二人在雜司谷鬼子母神社附近的農家賃陋室而居，過自炊生活。在六月二十日發行的《中學世界》上，夢

七月　二投稿的插畫被評為一等獎，竹久夢二的名字開始為世所知。
從早稻田實業學校專攻科退學。

明治三十九年（一九〇六）（二十二歲）

一月　開始為《東京日日新聞》島村抱月主持的「月曜文壇」專欄畫插畫。
十一月　岸他萬喜位於早稻田的、專門經營流行手繪明信片的小店「鶴屋」開業，夢二自薦作品並墜入情網。
十一月十日　早稻田文學社刊行《少年文庫》，小川未明任編輯，夢二任美編。

明治四十年（一九〇七）（二十三歲）

一月　與他萬喜（二十六歲）結婚，於牛込區宮比町築愛巢。新婚消息被《平民新聞》報導。
四月　入《讀賣新聞》社，負責時事速寫。
九月　造訪大下藤次郎的水彩畫研究所。在大下的繪畫日記中，曾出現過「夢二君來訪」（九月二十六日）和「竹久君來訪」（十一月一日）的紀錄。

明治四十一年（一九〇八）（二十四歲）

二月　長子虹之助出生。

秋　蒙大下的介紹，在颱風暴雨中，攔描繪江戶川大瀑布下的水車小屋的水彩作品〈Broken Mill and Broken Heart〉拜訪岡田三郎助。岡田鼓勵夢二不必理睬劃一的學校藝術教育，按自己的路子畫下去。

明治四十二年（一九〇九）（二十五歲）

五月三日　與他萬喜協議離婚。

七月十六日　登富士山，結識堀內清。因後者介紹，又結識了浜本浩。

八月十五日　與他萬喜同登富士山，寫下紀行文字〈致富士〉（收入《夢二畫集 旅之卷》）。

十一月　因堀內清的介紹，浜本浩初訪夢二。與他萬喜分居。

十二月　出版處女畫集《夢二畫集 春之卷》（洛陽堂），一時紙貴洛陽。

明治四十三年（一九一〇）（二十六歲）

一月　在麴町區倉島方賃屋而居時，居然不期邂逅因做幼稚園保母而先期至此地的他萬喜。二人舊情復熾，再度同居。

四～五月　赴京都金澤旅行，紀行文字〈訪壁〉（收入《夢二畫集 旅之卷》）。出版《夢二畫集 夏之卷》（洛陽堂）和《夢二畫集 花之卷》（洛陽堂）。

六月　繪畫明信片集《月刊夢二卡片》發行。

七月　《夢二畫集 旅之卷》（洛陽堂）出版。

八月　與他萬喜在銚子町海鹿島度夏，與避暑而來的島子（長谷川賢）的愛情後成為和歌〈宵待草〉的題材。

十月　《夢二畫集 秋之卷》（洛陽堂）出版。

十一月　《夢二畫集 冬之卷》（洛陽堂）和《撒喲娜拉》（洛陽堂）出版。

十二月　《繪物語 孩子的國》（洛陽堂）出版。

明治四十四年（一九一一）（二十七歲）

一月二十四日　在「大逆事件」中，幸德秋水等十二名社會主義者被處刑。夢二召集諸友在江戶川畔東五軒的家裡為犧牲者守靈，借此向鎮壓者表達憤懣。

二月　《夢二畫集 野・山》（洛陽堂）出版。

三月　《繪物語 京人形》（洛陽堂）出版。

四月　《夢二畫集 花之卷》（洛陽堂）出版。

五月一日　次子不二彥出生。

六月　《都會速寫》（洛陽堂）出版。

九月　《月刊夢二繪畫明信片》開始發行。以每月一輯（四張）的速度共發行一〇二輯，持續了九年。

十月　夢二主持的雜誌《櫻花綻放的國度 白風之卷》（洛陽堂）出版。

十一月　《夢二畫集 都會之卷》（洛陽堂）出版。

十二月　《兒童速寫帖 活動寫真》（洛陽堂）出版。

明治四十五年／大正元年（一九一二）（二十八歲）

二月　《兒童速寫帖 動物園》（洛陽堂）和《櫻花綻放的島 春之拂曉》（洛陽堂）出版。

三月　夢二主持的雜誌《櫻花綻放的國度 紅桃之卷》（洛陽堂）出版。

四月　《櫻花綻放的國度 陌生的世界》（洛陽堂）出版。

六月一日　在《少女》雜誌發表後成為名歌的〈宵待草〉（最早的原詩是八行版本）。

秋　重新回到他萬喜身邊。

十一月二十三日~十二月二日　在位於京都市岡崎公園內的京都府立圖書館，舉行首次夢二作品個展，盛況空前，連日觀者如潮。

大正二年（一九一三）（二十九歲）

九月　夢二為籌措海外旅行的費用，成立同人畫會，在洛陽堂內設立事務所。共同發起人有巖谷小波、島村抱月等九位畫家。後旅行計畫因第一次世界大戰的爆發而流產。

十一月五日　在詩畫集《Zondag》（實業之日本社）上再次發表〈宵待草〉，即後來流行的三行版本。

十二月　《晝夜帶》（洛陽堂）出版。

大正三年（一九一四）（三十歲）

一月　《夢二繪手本》（岡村書店）出版。

四月　《草畫》（岡村書店）出版。

十月一日　他萬喜在日本橋區吳服町二番地的精品店「港屋」開業，人氣火爆，旋即成藝青沙龍。不久，夢二就在此邂逅了家住附近的笠井彥乃。有一封夢二致彥乃的信的信封，郵戳日期為十月二十九日。《縮刷夢二畫集》（洛陽堂）出版。

大正四年（一九一五）（三十一歲）

一月　富山旅行。《草之實》（實業之日本社）出版。

二月　喚他萬喜前來，但在溫泉旅館，發生夢二刺傷他萬喜事件，導致二人下決心分手。

五月　與二十一歲的美術學校學生彥乃雙雙墜入情網。

八月　《夢二之繪歌》（赤城書院）出版。

九月　《繪入歌集》（植竹書院）和《三味線草》（新潮社）出版。

十二月　《小夜曲》（新潮社）出版。

大正五年（一九一六）（三十二歲）

二月　三子草一出生。

三月　《合歡樹》（實業之日本社）出版。

四月　與俄國盲詩人愛羅先珂和秋田雨雀共赴水戶旅行演講。

七月　愛羅先珂赴暹羅、印度，夢二在東京車站送別。

八月　《夜之露台》（千章館）出版。
十一月　受大杉榮遇刺事件的刺激，夢二逃到京都，寄宿舊友堀內清家，開始了長達三年的京都時代。草一被過繼給別人。
十二月　《暮笛》（《繪入歌集》的改訂本，三陽堂）出版。

大正六年（一九一七）（三十三歲）

一月　他萬喜失蹤。夢二帶被人送至京都的不二彥赴室津旅行。
四月　在京都市高台寺賃屋而居。《春之鳥》（雲泉堂）出版。
六月　與以學藝為藉口來京都的彥乃初次同居。
八月二十日　祖母利久去世（八十三歲）。
八月～十月　攜彥乃、不二彥赴石川縣粟津、金澤、湯湧溫泉旅行。在金澤市西町金谷館，舉辦「夢二抒情作品展」，彥乃的作品得以聯展。此乃夢二與彥乃在一起的最美好時光。

大正七年（一九一八）（三十四歲）

四月十一日～二十日　於京都府立圖書館舉行第二次個展。
五月十八日～二十日　在位於神戶市下山手通的基督教青年會館舉行「竹久夢二抒情畫展覽會」。
七月　《青的船》（實業之日本社）出版。
八月～九月　攜不二彥赴長崎旅行，拜訪永見德太郎。後趕來的彥乃在別府病倒，入住中田醫院。

九月二十日　夢二的詩〈宵待草〉經作曲家多忠亮作曲出版（Senoo樂譜），風靡全國，成為大正年間名曲。

十月　彥乃被其父強行帶走，住進京都的醫院。

十一月　夢二回東京。在中野的友人家中短暫寄宿後，落腳於本鄉的菊富士旅館。

年末　彥乃回東京，轉院至離夢二住所（菊富士旅館）一箭之遙的御茶之水順天堂醫院。

大正八年（一九一九）（三十五歲）

二月　寄懷對「山」（即彥乃）的愛慕之情的戀歌集《寄山集》（新潮社）刊行，是夢二緬懷與彥乃之戀的絕唱。與此同時，另一名秋田美女佐佐木兼代（又名永井兼代，即葉）開始出入夢二下榻的菊富士旅館，成為夢二的專屬模特兒。

三月　《露地之細道》（春陽堂）和《夜之露台》（新版，春陽堂）出版。

六月十五日～二十一日　於三越百貨店舉辦「致婦女、孩子的展覽會」。

八月　《夢之故鄉》（新潮社）出版。

十月　《誰哉行燈》（玄文社）出版。

大正九年（一九二〇）（三十六歲）

一月十六日　彥乃在順天堂醫院病歿，得年二十五歲。

二月二日　彥乃被笠井家安葬於本鄉蓬萊町高林寺。

三月　居於大久保百人町的他萬喜來到夢二下榻的菊富士旅館，訴說對彥乃的愧悔之情。

秋　「俄羅斯未來派美術展」在東京開幕，夢二與雕塑家戶田海笛、中澤靈泉同往參觀。

大正十年（一九二一）（三十七歲）

二月　受東北地區大雪的誘惑，前往並短暫勾留酒田。

八月　離開寓居的菊富士旅館，短暫移居佐佐木兼代在田端的娘家，旋即遷至府下中澀谷的宇田川，過起了家庭生活。

八月～十一月　赴福島縣三春町、郡山町、會津東山溫泉等地長期旅行。

十二月　《藍色的小徑》（交蘭社）出版。

大正十一年（一九二二）（三十八歲）

三月　於酒田勾留期間赴象潟旅行，繪有《象潟行》。

十二月　《翻繩采風》（春陽堂）出版。

大正十二年（一九二三）（三十九歲）

一月　《夢二畫手本》（1、2、3、4）（岡村書店）出版。

九月一日　關東大地震。與恩地孝四郎等人共同策劃成立的「Zondag圖案社」及美術雜誌《圖案與印刷》因印刷所的損毀而胎死腹中。宇田川的家好歹保住。夢二連日穿行於震後的廢墟，不知疲倦地在速寫本上描畫震災速寫。

九月十四日～十月四日　在《都新聞》連載〈東京災難畫信〉。

十二月　《Zondag繪本》（1、2）（金子書店）出版。

大正十三年（一九二四）（四十歲）

二月　《Zondag繪本》（3）（文興院）出版。

九月一日　與有島生馬一起視察震後周年的東京街市。同一天，葉離家出走，藏身於藤島武二家，但很快又回到宇田川的家。同月，《戀愛祕話》（文興院）出版。繼繪畫小說《祕藥紫雪》後，於《讀新聞》連載〈像風一樣〉。

十二月二十八日　夢二自己設計的位於府下松澤村松原的融畫室與住宅於一體的新居建成，命名為「少年山莊」或「山歸來莊」，是日攜葉從宇田川舊宅喬遷。

大正十四年（一九二五）（四十一歲）

四月　《藍色的小徑》（修訂版，交蘭社）出版。

五月　山田順子出現，夢二感到誘惑。葉旋即離去。

七月　與山田順子分手。但葉卻再也沒有回來。

大正十五年（一九二六）（四十二歲）

二月　島崎藤村《藤村讀本》（第一卷至第六卷）設計、裝幀。
十月　松竹映畫《夏清十郎》字幕創意設計。
十一月　《露地小徑》（新版，春陽堂）出版。
十二月　《童話 春》（研究社）和《童謠風箏》（研究社）出版。

昭和二年（一九二七）（四十三歲）

一月　《夢二抒情畫選集》（上）（寶文館）出版。
五月二日　自傳體繪畫小說《出帆》在《都新聞》連載，共分一百三十四回，至九月載完。
五月　《夢二抒情畫選集》（下）（寶文館）出版。

昭和三年（一九二八）（四十四歲）

一月　《露台薄暮》（春陽堂）和《春之贈物》（春陽堂）出版。
三月四日　母也須能於大阪府夢二之妹日下榮家去世，享年七十二歲。
六月　赴黑部峽谷旅行。

昭和四年（一九二九）（四十五歲）

二月　與吉井勇、直木三十五、白鳥省吾等赴山中溫泉旅行。

五月　與大泉黑石、藤田健二、安成二郎等赴草津、戶倉溫泉旅行。
六月　與生方敏郎、西條八十等赴赤城山旅行。

昭和五年（一九三〇）（四十六歲）

二月二十一日～二十三日　於銀座資生堂舉辦「寄雛展覽會」。
五月　起草〈關於建設榛名山美術研究所的宣言〉，同時著手榛名山莊的建設。
六月～八月　赴會津東山溫泉、羽前五色溫泉旅行。同時繪製〈福島夜曲〉的長卷。
年末　進駐榛名山莊。《抒情插畫圖案集》（寶文館）出版。

昭和六年（一九三一）（四十七歲）

二月十五日　父諦道（菊藏皈依佛門後的法號）於妹日下榮家去世，享年七十九歲。
三月二十五日～二十九日　於新宿三越百貨店舉辦渡美告別展。
四月十日～十二日　於新宿紀伊國屋書店舉辦「送別竹久夢二氏產業美術總量展覽會」。
四月二十一日～二十六日　於京城三越百貨店舉辦「竹久夢二氏作品展覽會」，展出新作六十幅。
四月二十三日～二十九日　於上野松坂屋舉辦「竹久夢二告別展覽會」，展出小幅作品近百幅。
四月二十五日　由有島生馬發起、美術界四十四名人士參加的「竹久夢二翁久允海外漫遊送別會」在著名的Rainbow Grill餐廳舉行。
四月～五月　「榛名山產業美術學校建設暨夢二畫翁外遊送別舞蹈音樂會」分別在前橋市、富岡町、高崎市等地舉行（分別由竹久夢二後援會、上毛新聞社、報知新聞社主辦）。

五月七日　乘日本商船「秩父丸」從橫濱港出發，開始海外長旅。

五月十五日　抵火奴魯魯。

五月二十九日　換乘「龍田丸」赴美。

六月三日　抵加州。不久即患病。

昭和七年（一九三二）（四十八歲）

二月二十九日～三月十二日　於教育會館舉辦畫展。

三月十八日～二十七日　於奧林匹克飯店舉辦個展。

九月九日　在日記中記載「赴歐前夜」，並將〈青山河〉屏風贈與在美承蒙關照的坂井米夫。

九月十日　乘德國商船「Tacoma號」離美赴歐。旅途中繪油畫〈撒喲娜啦・美利堅〉。

十月十日　抵漢堡港。在歐洲各地遊歷。

昭和八年（一九三三）（四十九歲）

三月一日～四月三十日　兩個月的日記被冠以《望春——柏林客中記》的總題，除旅途紀行外，還流露出對遭納粹迫害的猶太人的同情——「希特勒到底想幹什麼？」同時也不無對日本的擔憂。

六月二十六日　在柏林舉辦的「日本畫講習會」的最後一天。關於這天的報導見諸當地刊物*Berliner*

Tagablatt。

九月十九日　乘日本商船「靖國丸」歸國。

九月二十七日　抵神戶港。當日寫有〈回到島國〉一文。

十月二十六日　乘「大和丸」赴台灣，出席東方文化協會台灣支部成立的紀念活動。但這似乎不是夢二本心所希望的旅行，也無甚收穫可言，且病情惡化。

十一月十一日　離台歸國，旋即臥病。

昭和九年（一九三四）（五十歲）

一月十九日　承蒙友人正木不如丘的好意，赴位於信州富士見的高原療養所養病，入住特別病棟，受到格外看護。

五月～七月　因皰疹的影響，右手無法活動。

八月　右手多少恢復活動自由後，寫下〈所謂繪畫〉一文。

九月一日　晨五時四十分，對全力照看自己的醫護人員說了聲「謝謝」，停止了呼吸。還差半個月才滿五十歲。

九月五日　於麴町心法寺舉行葬禮，取謚號「竹久亭夢生樂園居士」。

十月十九日　遺骨葬於雜司谷墓地。墓前建一碑，上書有島生馬手書的「竹久夢二埋於此」。

INK PUBLISHING 文學叢書 321

竹久夢二的世界

作　　者　劉　檸
圖片提供　劉　檸
總 編 輯　初安民
責任編輯　陳健瑜
美術編輯　黃昶憲
校　　對　吳美滿

發 行 人　張書銘
出　　版　INK印刻文學生活雜誌出版有限公司
新北市中和區中正路800號13樓之3
電　　話　02-22281626
傳　　眞　02-22281598
e-mail　ink.book@msa.hinet.net
網　　址　舒讀網http://www.sudu.cc

法律顧問　漢廷法律事務所
劉大正律師
總 經 銷　成陽出版股份有限公司
電　　話　03-3589000（代表號）
傳　　眞　03-3556521
郵政劃撥　19000691 成陽出版股份有限公司
印　　刷　海王印刷事業股份有限公司

港澳總經銷　泛華發行代理有限公司
地　　址　香港筲箕灣東旺道3號星島新聞集團大廈3樓
電　　話　852-27982220
傳　　眞　852-27965471
網　　址　www.gccd.com.hk

出版日期　2012年 6 月　初版
ISBN　978-986-6135-84-2

定　　價　350元

國家圖書館出版品預行編目資料

竹久夢二的世界 / 劉檸著；
－－初版，－－新北市中和區：INK印刻文學，
2012.6　面；15×21公分（文學叢書；321）
ISBN 978-986-6135-84-2（平裝）
1.竹久夢二 2.傳記 3.繪畫 4.攝影作品 5.日本
940.9931　　101006040